ONNOs galaktischer Trip

SciFi Ostfrieslandkrimi von Andy Rizzo

Impressum
ONNOs galaktischer Trip -
Ein Ostfriese im Weltall - Band 02
von Andy Rizzo
Alle Rechte am Werk liegen bei dem Autor
Erschienen im cri.ki-Verlag Leer (Ostfriesland)
Dezember 2016
ISBN 978-3-946868-09-5
Umschlaggestaltung: Moa Graven - cri.ki-Verlag

Zum Inhalt

Onnos erste Reise mit Quirk zu neuen galaktischen Welten sollte eigentlich eine ganz ruhige Angelegenheit werden. Er hatte sogar seinen Ostfriesentee dabei. Doch schon bei der ersten Landung auf dem Planeten Goran überschlagen sich die Ereignisse. Onno muss sich in einer fremdartigen Welt zurechtfinden und es wird ein Anschlag auf ihn und Quirk verübt.

Onno erkennt, dass auch in fremden Welten weit weg von der Erde die Bewohner von Macht und Politik beherrscht werden. Er kommt mit Quirk einer Verschwörung auf die Spur.

Noch immer an einem unbestimmten Ort und zu einer unbestimmten Zeit ...

»Sag, bei den vielen Zivilisationen im bekannten Weltraum, was war der entscheidende Moment zu deren Intelligenz?«

»Die Erkenntnis, nach einem Ding zu greifen, um es als Werkzeug zu nutzen.«

»Das begreife ich.«

»Dann lass uns langsam bei den anderen zugreifen!«

»Gut, aber wir sollten zunächst den zweiten Schritt gehen.«

Die Zukunft ist nur einen Augenblick vor uns und trotzdem so weit entfernt. Sie bietet uns unendliche Chancen und Abenteuer, die wir im Jetzt noch gar nicht erblicken können. Es stellt sich die Frage, ob diese Chancen oder Abenteuer nur Zufälle im allumfassenden Ablauf der Zeit oder ein vorgegebenes Schicksal sind? Dies ist nur eine der vielen Fragen, die sich Onno bei seinen Abenteuern stellt und die ihn antreibt.

Vorspiel

Goldhell leuchtete die Sonne Gora. Ein Juwel unter den Juwelen in der Galaxis. Von erhabener Schönheit bestrahlte ihr goldener Glanz ihre Planeten, die sich um sie drehten. Ein Fanal von Schönheit und unbändiger Energie in der Stille des Raumes. Lautlos zogen die Planeten ihre Kreise um Gora. Drehten sich um sich selbst, und Monde umkreisen ihre Planeten. Eine Stille von fast unerträglicher Stärke. Nichts konnte diese Ruhe stören, sah man mal von den Radiofrequenzen ab, die sich im Äther tummelten.

Senger Dax saß in seinem Shuttle und schaute auf Goran, seinen Planeten herunter. Nichts konnte für ihn schöner sein als dieser Anblick. Aus der Entfernung sah er die Konturen der Landmassen, umgeben von dem tiefen Blau der Meere. Weiße Wolken zogen durch die Atmosphäre. Kleine bunte Flecken, die mit Linien verbunden waren, ließen erahnen, dass es auf Goran Städte gab und diese Linien waren die Verbindungsstraßen. Senger war auf dem Weg nach Lapen, einer der drei Monde, die um Goran kreisen. Er genoss die Ruhe. Nur ab und zu gab die Raumüberwachung Anweisungen, auf welchen Vektoren sein Shuttle zu fliegen hatte. Langsam kam Lapen in Sichtweite. Senger flog mit seinem privaten Shuttle. Sein Vorgesetzter Amber Ger flog mit dem offiziellen Shuttle des Ministeriums für Energie und Handel weit vor Senger. Eigentlich war Amber schon fast im Anflug auf den Mond. Lapen war ein schnöder, großer Gesteinsbrocken, der nur zur Rohstoffgewinnung diente.

Trotzdem war er wichtig für die wirtschaftliche Entwicklung von Goran. Hier wurden selten Mineralien und Erze geschürft. Diese waren für den galaktischen Handel wichtig. Außerdem erforschte man dort die nächste Generation der neuen Materie-Antimaterie Kraftwerke. Über eine Monitorfunktion konnte Senger schon erste Konturen der Station auf der Oberfläche erkennen, als seine Ruhe durch einen riesigen Blitz, der ihn fast blendete, hätten nicht die automatischen Lichtfilter des Shuttles reagiert, gestört wurde. Ein Blitz heller als alles, was er in seinem Leben je gesehen hatte, ja heller als Gora selbst. Und doch war es still um ihn, sah man mal von den Geräuschen im Shuttle ab. Am Ursprung des Blitzes entstand auf der Oberfläche von Lapen eine faszinierende halbkugelförmige leuchtende Ausdehnung. Welch eine brutale Schönheit von Zerstörung zeichnete sich da ab. Und das alles in der Lautlosigkeit des Weltraums. Rötliches Licht durchflutete die Ausdehnung, unterbrochen von kleineren helleren vielfarbigen

Leuchterscheinungen. Sein Fell stellte sich auf, wie nach einer elektrisierenden Berührung und ein gefährliches Knurren kam aus den Tiefen seines Inneren. Zunächst war er erschrocken über die Wucht der Explosion, aber dann war Senger Dax mit sich zufrieden.

Kapitel 1

Onno saß mit seinem Karohemd und Jeans in seiner Kabine und versuchte, es sich ein wenig gemütlich zu machen. Auf dem Tisch stand eine Tasse mit ostfriesischem Tee, garniert mit einem Kluntje. Sahne hatte er leider nicht dabei. Für ihn schon fast unbegreiflich, spiegelte doch gerade diese Tasse Tee ein Stück Heimat wider.

Onno war jetzt seit einer Woche im Raumschiff mit dem Breekianer Quirk zusammen. Na ja, von zusammen konnte eigentlich keine Rede sein. Denn während Onno als Mensch oder Humanoide eher ein Landlebewesen war, waren die Breekianer Wasserlebewesen und somit eher Ichthyoide. Sie ähnelten entfernt einem Zwischending von Aal und langgezogenem Quastenflosser, oder doch eher einem Wattwurm mit einer Art Kopf, allerdings fehlten scheinbar der Mund und die Augen. Onno fragte sich die ganze Zeit über, wie und was diese galaktischen Wattwürmer wohl essen würden? Am Kopf waren zusätzlich vier feingliedrige längliche Fühler, die sehr beweglich waren. Mittlerweile hatte Onno aber dann doch eine Öffnung zur Nahrungsaufnahme am Kopf von Quirk entdeckt, nur das »Was« blieb für ihn unklar.

Somit waren die Bereiche, die Quirk Onno zugänglich gemacht hatte, überschaubar. Onno hatte keine wirkliche Vorstellung von der Größe eines beziehungsweise dieses Raumschiffes. Ja, er las in seiner Lieblingslektüre, Romane der Perry Rhodan Reihe, immer wieder von riesigen Objekten, die im Weltraum umherflogen. Aber real? Das war schon eine andere Hausnummer. Quirk hatte seine Kabinen so hergestellt, als wäre es eine zweite Zentrale mit Schlafmöglichkeit. Er fragte gar nicht erst, wie Quirk es gemacht hatte, sondern nahm es zunächst einfach so hin. Sah man mal von den wenigen Bewegungsmöglichkeiten ab, die Onno hatte, schätze er, dass das Raumschiff wohl eher einem Zylinder ähnelte. Mit einer Länge von circa 350 m und einem Durchmesser von 100 m ein recht kleiner Raum, so Quirk.

Klein für Breekianer, aber riesig für Menschen. Onno dachte an Antrieb, Lager, Ortung, Energieversorgung, Lebenserhaltungssysteme und vieles mehr. Nur so konnte er sich vorstellen, wie groß die Raumschiffe sein müssten und wie klein sie im Verhältnis zur Unendlichkeit des Alls tatsächlich waren. Es war schon kurios; eingeschlossen in einem »kleinen« Raum, in einem großen Raumschiff, umgeben von der Unendlichkeit.

Onno nahm die Tasse Tee und trank einen Schluck. Ein wenig Luxus, dachte Onno und lächelte. Gedankenverloren kratzte er sich an der Schläfe. Die kleine junge Narbe juckte ein wenig. Quirk hatte dort einen kleinen Chip implantieren lassen. »Den brauchst du da draußen, wenn du dich verständigen willst«, hatte Quirk ihm telepathisch übermittelt. »Ein Universalübersetzer, der kennt die meisten Sprachen im bekannten Weltraum«, raunte es in seinem Gehirn. Denn die Milchstraße war nach Quirks Angaben noch längst nicht voll erfasst worden. Es war schon eine merkwürdige Kommunikation zwischen ihnen beiden. Während Onno sprach, oder auch nicht, nahm Quirk seine elektromagnetischen Felder im Kopf wahr. Umgekehrt übermittelte Quirk seine Gedanken direkt in Onnos Gehirn. Er hatte sich nach einiger Zeit daran gewöhnt und so überraschte es Onno auch nicht wirklich, als Quirk sich bei ihm meldete:

»Wir fliegen in das System Gora. Die Bewohner dort sind friedlich und auch für dich wird es nicht zu verwirrend sein. Es wird ein ruhiger Flug werden. Gora ist nur 452 Lichtjahre von eurer Erde entfernt.«

Es überkam Onno ein leichter Schwindel, ähnlich dem Zustand, als er das erste Mal den Weltraum aus der Station der Breekianer sah. Diese klare Schwärze und die

15

unfassbare nicht enden wollende Tiefe des Raumes, durchbrochen von kleinen leuchtenden Punkten. Und jetzt … 452 Lichtjahre und eine fremde Zivilisation. Was für eine Entfernung. Onno rechnete: Das waren »knappe« 4,276 Billiarden Kilometer von der Erde. Eine Zahl mit 15 Stellen hinterm Komma. Auch als Ingenieur fiel es ihm schwer, dies alles zu erfassen.

»Ich lasse dir die wichtigsten Informationen zukommen, so dass du nicht völlig unvorbereitet bist«, sagte Quirk zu ihm, ohne in irgendeiner Weise beeindruckt zu sein. Gleichzeitig erhellte sich ein Monitor in seiner Kabine. Onno stellte die Tasse Tee ab und schaute sich nochmal um. Vor ein paar Tagen war er noch in Aurich gewesen und arbeitete für die Energie AG. Er hatte ein Haus am Tannenhauser See gehabt, nun gut, das hatte er immer noch, und jetzt war er in einem Raumschiff und flog die gigantische Entfernung von 452 Lichtjahren in einer Zeit, in der andere Menschen Urlaub machten. Er ging zum Monitor, setzte sich und begann die Informationen zu studieren. Während er so dasaß und las, überkam ihn eine leichte Melancholie. Onno war noch nie der große Partygänger gewesen. Auch in Aurich war er oft allein zu Hause. Doch hier, in der Enge der Kabine, wo er NUR sich und Quirk hatte, war schnell die erste Euphorie verschwunden und er fragte sich, ob er wirklich der Richtige für so ein Abenteuer war.

»Lass dich überraschen, sei offen für Neues und mach deinen Geist frei von Selbstzweifeln«, raunte es in Onno.

»Du hast gut reden« bemerkte Onno. »Für dich ist das alles normal, für mich hat sich schlagartig mein Weltbild verändert. Das muss ich erstmal verdauen. Ach ... ich benötige ein Trimmgerät, ich muss was für meinen Körper tun.«

Kapitel 2

Anka ter Dax erwachte in ihrer Schlafmulde. Es war eine der wenigen Schlafperioden, aus der sie erfrischt erwachte. Genussvoll streckte sie sich, wobei sie ihre fingerartigen Krallen aus ihren Tatzen ausfuhr. Ein zufriedenes Knurren entlockte sich ihrem Mund. Mit geschmeidiger Eleganz stand sie auf und ging in kraftvollen Schritten zur Hygienezelle. Es würde ein schöner Tag werden. Die Sonne Goras schien golden und strahlend hell durch ein Fenster. Aus ihren bersteinfarbenen Augen blickte sie im Spiegel ihrem Spiegelbild entgegen und seufzte. Sie sah eine junge Goranerin. Groß, kräftig, sehnig, anmutig und vor allem intelligent. Unter dem seidig glänzenden hellen Fell zeichnete sich nicht nur ihre Muskulatur ab. Nicht übertrieben, aber eindrucksvoll. Feine Linien bildeten die Konturen ihres katzenhaften Gesichtes. Eine Schönheit, ganz ohne Zweifel. Und doch, kleine kaum zu sehende stumpfe Flecken und Haare in ihrem Fell sagten ihr, dass sie sich veränderte. Noch war nichts zu spüren, aber bald. Sie seufzte wieder.

»Warum?«, fragte sie ihr Spiegelbild.«Warum ich? Das ist nicht fair!« Sie hatte alles, was für eine eindrucksvolle Karriere in der goranischen Gesellschaft auf Goran notwendig war. Sie war intelligent, ehrgeizig, ehrlich,

18

redegewandt und ganz ohne Frage schön. Ihr Vater hatte als Politiker Einfluss. Ihr ganzer Habitus war überzeugend und gewinnend. Ihre Zukunft schien glänzend wie ihr Fell. Aber die Natur wollte es anders. Sie war krank und es gab auf Goran kein Heilmittel dagegen.

Anka ter Dax machte sich frisch und kleidete sich in eine kostbare seidene Toga, welche durch eine goldene Spange mit einem seltenen Edelstein bestickt, gehalten wurde. Sie schaute nochmal in den Spiegel und schüttelte sich leicht. Baute Spannung in ihrem Körper auf und verließ kraftvoll den Schlafraum. Es war Zeit zum Frühstücken.

Nach dem Frühstück gönnte sie sich noch ein paar Zeiteinheiten, um in Ruhe den vor ihr liegenden Tag zu planen. Als Analystin beim Diplomatischen Korps arbeitete sie quasi an einer Schaltstelle der Regierung. Alle Entscheidungen liefen dort zusammen und wurden auf ihren wirtschaftlichen Einfluss der Gesellschaft geprüft. Danach sprach sie laut: »Monitor an, neueste Nachrichten bitte!«

Wie aus dem Nichts entstand im Raum ein genau 1 x 1 m großes Hologramm. In der Erwartung, die aktuellen Wirtschaftsdaten und neue Ränkespiele der Politiker zu hören beziehungsweise zu sehen, schaute sie zunächst nur mit einem Auge hin. Doch diesmal war es anders. Eine gewaltige Explosion hatte auf Lapen stattgefunden und die Auswirkungen auf das fragile gravitonische Zusammenspiel zwischen Goran und seinen Monden waren noch nicht genau absehbar. Sie sah in einem Schaubild eine neue schematische Gravitationsdarstellung von Goran und den Monden. Es schien, als würde Lapen in seiner Senke leicht schwingen und man hoffte, dass diese Schwingungen sich nicht direkt auf Goran auswirken würden. Anka überlegte kurz. Nahm die Gravitation nicht umgekehrt proportional zum Quadrat der Entfernung ab? Und schon hörte sie in der Ferne ein anschwellendes Grollen und der Boden unter ihren Tatzen fing an zu vibrieren. Ein Schreck ging durch ihren Körper, ihr Nackenfell stellte sich auf. War das fragile System zwischen Lapen und Goran doch gestört und welche wirtschaftlichen Auswirkungen könnte das haben? Und gleich der nächste Schreck. War Ihr Vater nicht auf dem Flug nach Lapen? »Bitte Kontakt zu meinem Vater aufbauen«, sagte sie laut und das hausinterne Netzwerk stellte eine audiovisuelle Verbindung her.

»Vater, wo bist du? Bist du auf …«

»Guten Morgen Anka, keine Sorge, ich bin nicht in Gefahr. Die Explosion war heftig und den Flug habe ich natürlich nicht fortgesetzt. Somit werde ich demnächst wieder auf dem Raumlandeplatz landen. Willst du mich abholen?«

»Ja, natürlich. Ich werde gleich da sein.«

Im Hintergrund hörte sie, wie die Raumüberwachung ihrem Vater neue Anflugvektoren mitteilte.

»Bis gleich, Vater.«

»Bis gleich Anka und mach dir keine Sorgen. Es ist alles, wie es sein soll.«

Etwas irritiert schaltete sie die Verbindung ab. Was hatte dieser Nachsatz zu bedeuten, oder machte sie sich - wie immer - mehr Gedanken, als sie eigentlich sollte? Sie ging zu ihrem Streetgleiter, setzte sich und sagte nur «Raumhafen, Landefeld für Offizielle».

Der Gleiter hob vom Boden ab und fädelte sich kurz danach in den Verkehr zum Raumhafen ein.

Kapitel 3

Onno las die Informationen vom Monitor ab. Sonne Gora, 8 Planeten mit 25 Monden. Nur Goran mit seinen 3 Monden lag in einem habitaren Bereich. Bewohnt, Sauerstoffwelt, atembar. Intelligente Lebensform: Feliden nennen sich Goraner, zweigeschlechtlich. Es folgten noch diverse Diagramme und Auflistungen sowie eine Positionsangabe, mit der Onno nichts anfangen konnte.

»Quirk, wie navigiert ihr eigentlich?«, fragte Onno.

»Mit einem Astrocomputer«, kam es von Quirk zurück. Onno glaubte, wieder das Äquivalent eines Breekianischen Lachens zu hören.

»Dass ihr das nicht mit einem Rechenschieber macht, ist mir klar. Nein ich kann mit der Positionsangabe nichts anfangen. Also bitte.«

»Orte im Raum werden durch drei Punkte und eine Bezugsgröße sowie eine Orientierung bestimmt. Der Nullpunkt ist das Schwarze Loch im Zentrum der Galaxis. Dazu kommen noch drei entfernte quasistabile Quasare. Man kennt den Drehimpuls und die Winkelgeschwindigkeit der Milchstraße im Ganzen und einem Großteil der Sterne im Einzelnen. So bestimmst du deinen Ort bezogen auf den Mittelpunkt deines Koordinatensystems, hier den Mittelpunkt der Galaxis. Du weißt also, wo du bist. Und wenn du reisen willst, errechnet der Computer in Abhängigkeit deiner Reisegeschwindigkeit einen Kurs, den du entlangfliegst. Und wenn der Rechner richtig rechnet, und du nicht zu nahe an irgendwelche starken Gravitationspunkte kommst, erreichst du gefahrlos deinen Bestimmungsort.«

Quirk schien das Ganze zu belustigen.

»Wann werden wir ankommen?«, fragte Onno.

»Nun, der Flug wird noch drei Tage dauern. Wir fliegen ja nicht so schnell. Was sich nicht vermeiden lässt, ist, dass man sich einem Planetensystem nur bis auf eine Entfernung von etwa einem halben Lichttag mit Überlichtgeschwindigkeit nähert. Danach meldet man sich bei der Raumüberwachung an und bekommt die Einflugvektoren zugestellt. Den Rest der Strecke benötigt man, um gefahrlos die Geschwindigkeit zu reduzieren und die Kollisionsgefahr mit irgendwelchen umherfliegenden Gesteinsbrocken zu minimieren. Wer sich nicht daran hält, wird als gefährlich oder gar kriegerisch eingestuft.«

»Das hört sich an, als gäbe es eine galaktische Regierung.«

»Nein, aber es gibt Verbünde, Förderationen, kleine Sternenreiche. Größere Kriege hat es in den letzten hundert Jahren nicht gegeben. Und damit es so bleibt, gibt es Verhaltensregeln, an die sich alle halten sollten. Diese werden in einem Gremium erarbeitet. Es ähnelt dem deiner EU als Verbund souveräner Staaten. Und ja, es gibt immer einen, der sich nicht an alles hält. Dann versuchen wir, regulierend einzugreifen.«

»Ach, das ist ja interessant. Dann seid ihr also so etwas wie eine galaktische Polizei?«

»Sagen wir so, wir sind ein sanft regulierendes Element, das passt eher. Und jetzt solltest du dich weiter vorbereiten. Ein Erstkontakt ist, wie du dir denken kannst, ein einschneidendes Erlebnis. Nicht nur für dich.«

Quirk zog sich langsam aus den Gedanken von Onno zurück. Dieser ging zur Kabinenwand und schaute aus dem Schiff heraus. Doch was er dort sah, konnte er nur schwer erfassen. Er wusste noch immer nicht, wie sie mit Überlicht flogen. Ein »später« raunt es leise in ihm nach. Das, was er sah, ähnelte eher einem Nebel, welcher durch einen Laserstrahl durchschnitten wurde. Und doch traf diese Schnittebenenbetrachtung es nicht zur Gänze. Diese Wirbel und Schlieren waren nicht richtig in Worte zu fassen. Nur eins war sicher, dies war kein Warp-Antrieb, denn dann hätte er Sterne oder Ähnliches sehen können.

«Sag Quirk, wie nennt ihr diesen Bereich, durch den wir fliegen?«, fragte Onno.

»Wir sind in einem n-dimensionalen Raum, einem Überraum, oder, wenn du willst in einem Hyperraum. Wie das funktioniert, wirst du bei Zeiten erfahren.«

Er ging zurück zu seinem Tisch, auf der noch der kalte Tee stand. Allerdings waren jetzt wieder die zwei Schalen mit dem Nahrungsbrei dabei, mit dem Quirk ihn immer versorgte. Auch wenn dieser exotisch schmeckte und sättigte, wünschte er sich gelegentlich eine kleine geschmackliche Variation. Jetzt einen leckeren Emder Matjes oder einen Teller Labskaus. Selbst schnöde Pommes mit Currywurst würde er gerne dem Brei vorziehen.

Sie waren jetzt schon eine Woche unterwegs und der erste Hype war verschwunden. Onno hätte es sich nicht vorstellen können, dass er sein Ostfriesland doch irgendwie vermissen würde. Die frische Luft, die Nordsee, das Angeln auf Langeoog. Auch wenn er es nicht wollte, so konnte er in Aurich überall hingehen. Hatte er sich vielleicht selbst überschätzt? Er war gerne allein gewesen, mehr Individualist als Partygänger, aber, selbst dann war er zwar allein in der Masse und doch nicht allein. Er überlegte kurz. Richtige Freunde hatte er eigentlich gar nicht. Eher ein freundschaftliches Verhältnis zu Manni und Chris Bachus, seinem ehemaligen Abteilungsleiter oder

Michael, den er noch aus seiner Studienzeit in Oldenburg kannte und mit dem er gelegentlich telefonierte. Aber dies hier war etwas ganz anderes. Hier konnte er nicht mal eben weg. Ein Schritt nach draußen wäre ein Schritt ins Nichts. Wahrlich ins Nichts. Etwas frustriert leerte er die Schalen und trank etwas Wasser. Alles um ihn war ruhig. Das Schiff gab nur wenige Geräusche ab. Die Stille wurde nur durch gelegentliche Selbstgespräche durchbrochen. Sein Aufbruch mit Quirk war unüberlegt und unbedarft. Die Stille deprimierte ihn ein wenig.

»Ach Onno« erklang plötzlich eine wohlmodulierte Stimme in seinem Raum, «natürlich können wir uns auch technisch akustisch bemerkbar machen. Nur ist dies für uns nicht so effektiv. Aber da ich spüre, dass dir etwas fehlt, werde ich zukünftig eine kombinierte Kommunikation mit dir führen.«

Plötzlich überkam Onno eine schwer zu fassende Müdigkeit und er ging zu seiner Liege. »Danke«, sagte er. Sekunden später war er mit einem Lächeln im Gesicht eingeschlafen.

Kapitel 4

Sina Feg reagierte sofort, als er von der Explosion auf Lapen hörte. »Alle Sicherheitsmaßnahmen werden unverzüglich erhöht. Alle Kraftwerke sind gesondert zu untersuchen und abzusichern. Was ist da passiert? Ich möchte schnellstmöglich die Ursache erfahren« sprach er in die Kom-Anlage. Feg lehnte sich in seinem Sitz zurück und schloss die Augen. Er war Leiter der planetaren Energieversorgung und dem Ministerium für Energie unterstellt. Als Wissenschaftler wusste er genau, welche Energien sich da entluden. Da war nichts mehr zu evakuieren. Die gesamte Forschungsstation auf Lapen existierte nicht mehr. Das Ganze war nur noch mit einem Meteoriteneinschlag zu vergleichen. Wie konnte das nur passieren? Solch einen Unfall gab es zuletzt, als die ersten Fusionskraftwerke konzipiert wurden. Und selbst die waren dagegen nur ein Strohfeuer. Lapen diente neben der Ausbeutung der Bodenschätze als Forschungsmond für neue Techniken. Und so sollte es auch diesmal werden. Ein neuer Reaktortyp mit einer effizienteren Energieausbeute sollte erforscht und getestet werden. Nun waren die herkömmlichen Materie-Antimaterie-Reaktoren schon sehr gut, aber die neuen Typen wären wesentlich kleiner, kompakter und effektiver gewesen. Geradezu prädestiniert für den Einsatz in neuen Raumschiffen.

Die Forschung war schon so weit fortgeschritten, dass der Staatssekretär Amber Ger vom Ministerium für Energie und sein gleichberechtigter Kollege Senger Dax sich heute für eine Inspektion angemeldet hatten.

»Onro te Mir, machen Sie mir bitte eine Verbindung mit dem Ministerium. Ich muss wissen, ob die Inspekteure schon angekommen waren?«

»Sofort«, kam es aus dem Nebenraum. Onro te Mir war seine wissenschaftliche Mitarbeiterin, die alle seine administrativen Aufgaben erledigte.

Inständig hoffte Sina Feg, dass sich die Inspekteure wie immer verspäteten.

»Die Verbindung steht«, sagte Onro te Mir. »Ich stelle durch.«

Die Kom-Anlage baute ein Hologramm auf und Sina Feg schaute in das Gesicht von Calan Tre. Er war der 2. Unterstaatssekretär und ein wahrer Bürokrat. Deswegen verließ er das Büro auch nur, wenn es sein musste.

Das Bild, das sich vor Sina aufbaute, war so plastisch, als würde Calan Tre ihm direkt vis-a-vis sitzen.

»Calan Tre, schön Sie zu sehen«, sagte Sina Feg. Innerlich schüttelte er sich, denn er mochte Calan Tre nicht.

»Die Ehre ist ganz bei mir«, sagte Calan. »Womit kann ich dienen?«

Dieser Heuchler dachte Sina, er weiß ganz genau, wieso ich anrufe.

»Es geht um den Zwischenfall auf Lapen. Davon haben Sie sicherlich schon gehört. Ich müsste wissen, wann die Inspekteure abgeflogen sind. Und vor allem, ob sie noch leben?«

»Oh, DAS wünschen Sie. Nun ja Senger Dax hat sich gemeldet und wird wohl bald wieder landen. Nur von Amber Ger haben wir noch nichts gehört. Es stellt sich die Frage, ob wir ein Rettungsteam schicken sollten, je nachdem, wo sein Shuttle zum entscheidenden Zeitpunkt war.«

»Ja, ein Rettungsteam würde Sinn machen. Bitte veranlassen Sie das. Wir werden von uns auch noch eine Untersuchung starten. Obwohl, viel wird da nicht mehr zu untersuchen sein. Geben Sie mir einen vollständigen Bericht für den Minister«, sagte Sina Feg noch zu Calan Tre. »Und verständigen Sie die innere wie auch die planetare Sicherheit.«

Das hatte Sina Feg gerade noch gefehlt. Der Unfall auf Lapen, das ungeklärte Befinden von Amber Ger, und dann noch dieser Bürokrat. Er brauchte jetzt dringend etwas zu essen. Sein Körper schrie förmlich nach Proteinen.

»Onro te Mir, bringen Sie mir was zu essen und ein Glas Wasser und lassen Sie mich dann zehn Minuten ungestört. Danke.«

Er lehnte sich in seinem Sessel zurück und schloss die Augen, um sich zu sammeln. Was war da passiert? Sie hatten alle Eventualitäten durchgerechnet. Alle möglichen Fehlerquellen wurden eliminiert. Alle Simulationen zeigten schon den Erfolg des Projektes. Und doch war der Reaktor explodiert. Und das gerade zu dem Zeitpunkt, als die hochrangigen Inspektoren den Versuchslauf beobachten wollten. Sina Fegs Fell stellte sich plötzlich auf und er nahm ein leichtes Vibrieren des Bodens wahr. Waren das schon die ersten gravitonischen Auswirkungen auf die Explosion? So schnell? Ein gefährliches Knurren entlockte sich seinem Körper. Er konnte es noch nicht richtig erfassen, aber etwas stimmte nicht.

Ein Summton störte ihn in seinen Gedanken und Onro te Mir kam mit einem Tablett in sein Büro.

Interludium

Sie spürten, dass es wieder geschah. Das elektromagnetische Feld zeigte wieder eine Störung an. Das Unheil kroch wie eine lebende Lawine in Form einer Gasblase durch die Ritzen und kleine Spalten an die

Oberfläche. Heiß, tödlich, unerbittlich und doch ganz natürlich. Die Oberfläche eines Planeten bewegte und veränderte sich im Laufe seines Lebenszyklus. Spalten öffneten oder schlossen sich und Magma oder Gase aus dem inneren des Planeten stiegen empor, oder sanken wieder ab. All dies ließ die Oberfläche arbeiten und Gase austreten. Und wenn dies geschah, so war es zwar natürlich, aber für die Fauna und Flora eines Planeten beziehungsweise der Region zuweilen verheerend. Und auch jetzt drang wieder eine giftige schwefelige Gaswolke durch die Spalten, legte sich wie ein unsichtbarer Schleier in der Umgebung nieder und löschte die kleine nahegelegene Population aus. Alle nahmen es wahr, und ein kollektives »Nicht schon wieder« durchdrang als ein stilles Wehklagen den Äther des Weltraums.

Kapitel 5

Es war ruhig in der Zentrale der Raumüberwachung von Gora. Der innerplanetarische Verkehr war recht überschaubar. Da waren zunächst die Lastergleiter, welche zwischen den Monden und Planeten ihre Erze oder sonstige Güter verteilten. Dann die Personengleiter, welche die Goraner und sonstige Personen zu den jeweiligen Stationen brachten. Da die Abstände zu den einzelnen Planeten und Monden recht groß waren, gab es hier kein Gedrängel. Auch der außerplanetarische Verkehr war entsprechend. Man hielt zwar Kontakt zu seinen »Nachbarn«, aber es war nicht so, dass täglich Raumschiffe anderer Zivilisationen ins Goranersystem kamen. Auf der anderen Seite war es auch nichts Außergewöhnliches, wenn Goran angeflogen wurde. Schließlich gab es mit den Nachbarsytemen einen florierenden Handel. Und so war die Wahrnehmung einer Energiespitze und dann das Erscheinen eines Raumschiffes am Rande des Systems keine außergewöhnliche Beobachtung. Erst, als sich der Pilot meldete, kam Unruhe in die Mannschaft der Raumüberwachung.

»Hier spricht Quirk vom breekianischen Raumschiff«, es folgte eine nicht aussprechbare Tonfolge, «mit einem

Homanoiden der Entwicklungsstufe 4. Wir bitten höflichst um einen Einflugvektor nach Goran. Wir sind zu Forschungszwecken unterwegs.«

Ein Breekianer im Anflug, das war ungewöhnlich. Zuerst war es ganz still in der Zentrale. Nur vereinzelt nahm man Funksprüche im Hintergrund wahr. Dann kam eine leichte Unruhe in der Zentrale auf. Galten die Breekianer nicht als galaktische Regulatoren? Sie kamen selten zu »Besuch«, aber wenn, dann waren sie entweder gern gesehene Gäste, oder es war etwas passiert, was ihr Eingreifen notwendig machte. Dies war dann meist unangenehm für die Regierung eines Planeten.

»Breekianisches Raumschiff, wir übermitteln Ihnen die Einflugvektoren und gehen Sie bitte in einem stationären Orbit über den Raumhafen. Wir melden uns zur Anflugkontrolle.«

Quirk bestätigte kurz. Zu Onno meinte er nur: «Leg dich nochmal schlafen, das wird für dich bestimmt sehr aufregend werden.«

In der Raumüberwachung sagte einer der Koordinatoren: «Ich mach mal Meldung nach oben, das wollen die bestimmt wissen, wer da kommt, oder?«

Neun Stunden später befanden sich Quirk und Onno im Orbit von Goran.

Zwischenspiel

»Ein Breekianer kommt! Ob Zufall oder Absicht, wir müssen noch vorsichtiger sein als bisher«, sagte der eine Goraner in der Runde.

»Solange er nicht auf uns aufmerksam wird, kann er nichts erfahren und uns nichts passieren«, sagte ein anderer.

»Wir haben eine Abmachung«, raunte es in den Raum. Eine Stimme nicht von DIESER Welt. Die vier Worte kamen in ihrer Endgültigkeit wie eine Drohung herbei.

Goraner waren schon immer aus ihrer Natur heraus eine dominante Spezies gewesen. Sie hatten sich in ihrer Evolution an die Spitze der Nahrungskette gekämpft und mit ihrer Intelligenz den Weg in den Weltraum gefunden. Es war schwer, mit ihnen auf Augenhöhe zu sprechen, da ihr gesamter Habitus etwas Bedrohliches ausdrückte.

Aber nicht in dieser Runde. Die Person, die diese Worte gesprochen hatte, war kleiner als die fast zwei Meter großen und kräftigen katzenhaften Goraner. Humanoid, schon fast grazil. Und doch strahlte er eine Aura von Macht und Würde aus, der man sich nur schwer entziehen konnte.

»Wir treten in Phase 2 ein. Eine Variation des Planes wird es nicht geben! Und da Sie eh aus dem Hintergrund agieren sollten, brauchen Sie nichts ändern.«

»Und der Breekianer mit seinem Gast?«

»Das lassen Sie meine Sorge sein. Zufallsereignisse sind im Plan mit einkalkuliert, und ein Humanoide der Klasse 4 … was soll der schon ausrichten?«

Kapitel 6

Onno schaute auf den Planeten Goran herunter. Er war etwas größer als die Erde, sodass die Gravitation auch etwas höher war. Die Atmosphäre war etwas dichter, was das Atmen schwieriger machen würde. Dafür war der Sauerstoffgehalt höher - ein kleiner Ausgleich. Goran hatte einen höheren Landanteil als die Erde und wirkte somit wesentlich grüner.

Drei Monde »hingen« um Goran in unterschiedlichen Entfernungen. Einer erschien Onno, als hätte jemand an ihm ein Teil abgebissen und um die Bissstelle war eine dichte Nebelwand. Dies kam Onno zwar merkwürdig vor, aber sein Blick ging zurück auf Goran. Als erster Mensch würde er bald auf einem fremden Planeten stehen. Das war schon aufregend. Onno dachte an Neil Armstrong und die Mondlandung, aber das hier war schon eine andere Hausnummer. Schade, dachte Onno, dass das keiner sehen wird.

Quirk war mit dem Raumschiff im Landeanflug. Goran kam also für Onno immer näher. Langsam konnte er Städte und Verbindungsstraßen erkennen. Und kurze Zeit später kam auch das riesige Gelände des Raumhafens in Sicht. Noch konnte Onno die Dimensionen nicht genau erahnen, aber schon jetzt war klar, dass es keine

Ähnlichkeit mit einem Flughafen auf der Erde haben würde. Eher quadratisch, gefühlte 20 bis 30 km pro Kantenlänge. Einige unterschiedlich geformte Gegenstände, wohl andere Raumschiffe, standen in regelmäßigen Abständen dort. Während Quirk sein Gefährt immer näher dem Boden brachte, raunte es wieder in ihm.

»Komm langsam zur Schleuse und mach dich auf etwas gefasst.« Onno hatte wieder das Gefühl, als würde sich Quirk über ihn lustig machen. Trotzdem machte er sich auf den Weg.

Eine atembare Atmosphäre, keine giftigen Gase, und von einer biologischen Unverträglichkeit hatte Quirk auch nicht gesprochen. Und so war es schließlich egal, was Onno anziehen sollte. Und wenn er schon keinen Raumanzug brauchte, entschied er sich für Jeans mit Karohemd. Darin fühlte er sich wohl. Während er so durch die von Quirk freigemachten Gänge zur Schleuse ging, erzitterte der Boden leicht. Sie waren gelandet.

Onno stand an der Schleuse und ein Zischen links von ihm ließ ihn kurz zusammenfahren. Was auf ihn da zuschwebte, sah nach einem bräunlichen, breiten abgeschlossenen Schlauch aus. Einige Erhebungen daran waren wohl Aggregate, welche Onno aber nicht zuordnen konnte. Am Kopf schienen vier zarte Greifarme zu sein. War das wirklich Quirk?

»Du scheinst überrascht zu sein«, vernahm Onno wieder in seinem Kopf. »Hatte ich nicht schon mal gesagt, dass ich in deiner Umgebung nicht leben kann.«

»Du kannst schweben?«

»Oh Onno, du musst noch so viel lernen, aber nicht jetzt. Ich öffne jetzt die Schleuse und du, lass dich überraschen.«

Onnos Herz schlug höher, Adrenalin pulsierte durch seine Adern. Er fühlte sich wie ein kleines Kind zu Weihnachten, das vor seinen Geschenken steht und darauf wartet, diese endlich aufzureißen. Zischend ging die Schleuse auf und ein Schwall schwüler, warmer, fremder Luft lies ihn einen Schritt zurückgehen. Eine unbekannte Last drückte sich leicht auf seine Schultern. Instinktiv hatte er die Luft angehalten. Doch jetzt verlangte seine Lunge danach. Er nahm den ersten Zug und hatte gleich das Gefühl, dass die Luft hier dichter war als im Raumschiff. Auch roch sie anders, freier, natürlicher, aber auch fremdartig.

Eine Rampe fuhr von der Schleuse aus zum Boden des Raumhafens. Onno ging auf die Rampe zu und blickte hinaus. Er hatte ja keine Ahnung was ihn erwartete. Er fühlte sich an den Tag erinnert, an dem er das erste Mal in einem Auto saß. Die Eindrücke und Informationen, die auf ihn einflossen, schienen ihn förmlich zu erdrücken, zu überfordern. Onno ging einen weiteren Schritt auf die Rampe zu und verließ somit das Raumschiff. Er war circa fünfzehn Meter über dem Boden und erst jetzt realisierte er die wirkliche Größe des Schiffes, in dem er die letzte Zeit gewesen war. Aber dies war nichts im Vergleich zu den Objekten, die er jetzt richtig sehen konnte. Ihn schwindelte es leicht. Da stand er nun und schaute von links nach rechts und wieder nach links und staunte nur. Onno sah Raumschiffe, ja ER sah wirklich Raumschiffe in unterschiedlichen Ausprägungen. Quader, kugelförmige, walzen- oder zylinderförmige. Einige Formen konnte er gar nicht einordnen. Aber alle hatten sie etwas gemeinsam. Sie waren riesig. In einigen Kilometern Entfernung sah er die Verwaltungsgebäude des Raumhafens und weiter dahinter war eine beeindruckende Skyline der hiesigen Hauptstadt zu sehen. Onno kam sich plötzlich so klein und unbedeutend vor. Und doch hatte diese Situation etwas Erhabenes, Bedeutendes und Einmaliges für ihn. Wo war er da nur hineingeraten?

Leicht verunsichert ging Onno die Rampe weiter hinunter. Das Atmen fiel ihm schon etwas leichter und der erhöhte Sauerstoffanteil ließ in klarer denken. Die Sonne Gora strahlte am Himmel und ihr Licht ließ die Umgebung in einem goldgelben Licht erscheinen. Am Horizont sah

Onno einige Punkte fliegen. Ob Vögel oder Ähnliches konnte er nicht erkennen.

Langsam fand er seine Fassung wieder. In seinem Kopf erschien wieder das Bild von Quirk, einem großen Wattwurm nicht unähnlich.

Beruhigende Gedanken flossen zu ihm rüber.

»Dieser Moment kommt nicht wieder, deswegen wollte ich nicht stören, aber wir werden gleich abgeholt. Lass uns weiter nach unten gehen.«

Onno streckte sich. Die leicht erhöhte Schwerkraft machte ihm zu schaffen, aber das würde sich schon bald legen. Etwas irritierte Onno, aber er konnte es nur noch nicht richtig einordnen. Er schaute sich nochmal um. Es waren nicht die Raumschiffe in der Umgebung, welche die Luft vibrieren ließen, auch nicht das gelegentliche Gekreische der Tiere am Himmel, die sich immer weiter entfernten, oder der Gleiter, der vom Verwaltungsgebäude auf sie zuflog. Wieder ließ er seinen Blick streifen. Wie aus einer Eingebung heraus fragte er Quirk: »Kannst du erkennen, was das für ein Punkt am Himmel ist, der da steht?«

»Wo?«, fragte Quirk und Onno zeigte in eine Richtung zum Himmel nahe den fliegenden Tieren. Keine Sekunde später veränderte sich Onnos Sichtweise. Zunächst hatte er das Gefühl, als würde sich ein goldener Schleier um ihn und das Schiff spannen. Dann wurde die Sicht unklar, wie von einer öligen Scheibe verschmiert. Onno war schlagartig klar, dass dies ein Schutzschirm war. Und dann ... dann brach die Hölle über ihn herein. Kurz zuvor sah Onno, wie der Punkt am Himmel größer und silberner wurde. Ein helles Licht schlug in den Schirm ein und ein infernalisches Getöse raubte ihm das Gehör. Kaskaden von Blitzen in allen Regenbogenfarben liefen über ihn hinweg und eine Druckwelle schleuderte ihn über den Rand der Rampe zu Boden. Onno schlug hart auf. Der Aufprall presste ihm die Luft aus seiner Lunge. Und bevor er die Besinnung verlor, nahm er noch war, wie Quirk auf ihn zuschwebte.

Kapitel 7

Es sollte nur eine kleine Stippvisite sein, um den Menschen Onno beim Kontakt mit anderen Wesen nicht zu überfordern. Dafür schien Goran ideal, nicht zu weit weg, ein ruhiger Planet mit einem überschaubaren Publikumsverkehr von anderen Welten. Es sollte kein allzu großer Kulturschock werden, schließlich hatte Quirk eine gewisse Verantwortung für seinen Gast. Und nun das. Die Konzentration auf Onno und sein Gefühlsleben hatten ihn abgelenkt, so dass er seine Umgebung nicht mehr richtig wahrnahm. Wer konnte auch schon ahnen, dass man sie gleich angriff? Und schon stellte sich die nächste Frage: Warum? Es sollte nur ein einfacher Besuch zum Angewöhnen werden. Er, als Breekianer, hatte hier keinen offiziellen Auftrag. Aber jetzt war seine Neugierde geweckt. Er musste recherchieren, musste herausfinden, wer dafür verantwortlich war und warum. Aber zunächst musste er sich um Onno kümmern.

Kapitel 8

Langsam kehrte wieder Leben in Onno zurück. Er lag in etwas Weichem und eine Decke lag schwer auf seinem Brustkorb. Das Atmen fiel ihm schwer. Er hatte einen merkwürdigen Traum gehabt. Er hatte geträumt, er hätte sowas wie einen galaktischen Wattwurm kennengelernt und sei mit ihm auch noch ins All gestartet. Und dann wäre er noch auf einem fremden Planeten gelandet und ... und gleich würde er seine Augen öffnen und läge in seinem Bett in Aurich Tannenhausen. Wenn nur das Atmen nicht so schwer wäre und auch der Geruch war irgendwie merkwürdig.

Sanft schob sich ein Gedanke in seinen Kopf. »Du bist nicht in Aurich. Und du hast auch nicht geträumt!«

Merkwürdig, dachte er, aber noch mochte er seine Augen nicht öffnen.

Etwas Kühles legte sich auf seine Stirn. Ein Hauch eines exotischen Duftes umschwebte ihn und er hatte das Gefühl, als würden feine Härchen seine Nase kitzeln.

Wenn nur nicht dieser Druck auf meiner Brust wäre, dachte er für sich und öffnete langsam seine Augenlider. Helles, goldgelbes Licht durchflutete ihn und eine fremdartige Umgebung kristallisierte sich auf seiner Netzhaut. Und noch etwas, was er nicht erwartete und nicht zu glauben schien. Instinktiv holte er tief Luft und wollte sie auch nicht wieder hergeben.

»Ich sagte doch, du träumst nicht. Und du bist auch nicht mehr auf der Erde, sondern, wie du wohl weißt, auf Goran. Vor dir ist Anka ter Dax, von der goranischen Regierung.«

Und während Onno stoßartig die Luft wieder aus seiner Lunge heraustrieb, vernahm er sanftes Brummen, das den Raum erfüllte. Augenblicklich später wurden aus dem Brummen verständliche Worte, was Onno noch mehr irritierte.

Vor sich sah Onno ein großes katzenhaftes aber aufrecht stehendes Wesen. Bernsteinfarbige Augen mit einer schwarzen Iris schienen ihm bis tief in seine Seele hineinzuschauen. Der exotische Duft kam eindeutig von dem Wesen. Und ohne genauer hinzusehen, wusste er, dass es ein weibliches Wesen war. Sie war groß, größer als er, bestimmt 1,90 Meter und muskulös.

Verstörenderweise »hörte« er gleichzeitig Anka und Quirk. Während sie sprach: »Wir bitten Sie vielmals um Entschuldigung, Sie so bei uns zu begrüßen, Fremder«, raunte Quirk, »du hast doch einen Universalübersetzer von mir bekommen. Deswegen kannst du sie verstehen.«

Nun war Onno nicht unbedingt Multitasking fähig und schüttelte erst mal seinen Kopf. Seine Zunge klebte an seinem Gaumen, und obwohl er eigentlich was Nettes erwidern wollte, sagte er nur: »Danke, aber kann ich eine Glas Wasser bekommen?«

Anka gab ihm ein Gefäß mit Wasser und Onno trank, während er sich aufrichtete, gierig aus. Er war in einer Art Bett, bedeckt durch eine seidige Decke. Erst jetzt bemerkte er Quirk, der neben ihm in seinem Anzug schwebte. Und noch was bemerkte er. Onno lag nackt unter der Decke. Hastig schaute er sich um. Auf einer Art Couch sah er seine Kleidung, Sein Karohemd und seine Jeans schienen etwas ramponiert zu sein. Daneben ein Tisch mit einer Schüssel, darin ... ja was eigentlich, Früchte? Rechts in der Ecke des Raumes war etwas, dass er wohl als Hygienezelle bezeichnen würde. Onno wurde wieder müde. Er wandte sich an Quirk und fragte ihn: »Kannst du mir ein paar neue Sachen bringen? Und bitte auch ein paar Beutel Tee. Danke«

Zu Anka gewandt sagte er: «Ich würde gerne noch etwas schlafen, können wir unser Gespräch später fortführen?«

»Gerne, ich werde automatisch benachrichtigt, wenn Sie wieder aufwachen«, sagte sie, drehte sich um und verließ den Raum. Selten, wenn überhaupt, hatte Onno solche geschmeidigen und eleganten Bewegungen gesehen. Und während er langsam dahindämmerte, dachte er noch:

Was für ein geiler Erstkontakt, den hatte ich mir anders, ganz anders vorgestellt.

So schlief er wieder ein.

Währenddessen auf der Erde

Im Forschungslabor der Energie AG sprachen Chris Bachus und sein Kollege Manfred kurz über den letzten Forschungsstand. Mehr beiläufig fragte Chris Bachus: »Hast du mal wieder etwas von Onno gehört? Nach seiner Kündigung ist er wie vom Erdboden verschwunden.«

»Nein«, erwiderte Manfred. »Ich war letzte Woche mal kurz da und wollte ihn besuchen. Mir ging nämlich seine induktive Kompression einer elektromagnetischen Welle mit seinem quasi fluidalen 5. Aggregatzustand nicht aus dem Kopf.« Dabei machte er mit seinen Zeige- und Mittelfingern eine winkende Bewegung, als Zeichen der Anführungsstriche oben. »Onno ist kein Typ, der einfach so etwas daher sagt. Aber, obwohl sein Auto vor der Tür in Tannenhausen stand, sah es so aus, als wäre er verreist.«

»Ach«, sagte Chris, »vielleicht ist er ja jetzt auf Langeoog und angelt. Versuch es nächste Woche nochmal. Er ist schon ein Netter und ich würde schon gerne Kontakt halten.« Dann ging er.

Komisch dachte Manfred für sich, dass Onnos Kündigung mit der Nachricht des Todes unseres Chefs dahergeht. Welch ein Zufall.

Auch Manfred konzentrierte sich wieder auf seine Arbeit. Er nahm sich aber fest vor, Onno demnächst wieder zu besuchen.

Kapitel 9

Onno schreckte hoch. Ein Gedanke schoss durch seinen Kopf. Was passiert mit meinem Haus, was mit meinem Garten, meinem Auto?

Er war schließlich fast Hals über Kopf mit Quirk weggeflogen. Ohne nachzudenken. »Ich muss mich arbeitslos melden.«.

»Ihr Menschen seid schon ein merkwürdiges Völkchen«, hörte er Quirk in sich, »aber wir können jetzt noch nicht weg. Ich habe nämlich einen Auftrag für Goran erhalten. Wir oder besser ich muss den Angriff auf uns aufklären. Dann, und nur dann können wir nochmal zurückfliegen!«

Onno überlegte kurz. Er hatte noch genügend Geld auf seinem Konto, das würde noch für zwei drei Monate reichen. Aber wer schaute nach seinem Haus oder seiner Post? Von hier aus konnte er seine Eltern schließlich nicht erreichen. Er hatte plötzlich das Gefühl, als würde Quirk einen virtuellen Kopf schütteln. Dann kam Anka ter Dax herein. Das glaubte er zumindest, schließlich hatte er bis dahin keinen weiteren Goraner gesehen.

»Wie geht es unserem verletzten Gast?«, fragte das katzenhafte Wesen an Onno gewandt.

»Wir haben Sie mit unseren medizinischen Mitteln untersucht. Konnten aber keine inneren Verletzungen feststellen.«

»Mir brummt etwas der Schädel. Ich vermute eine Gehirnerschütterung und ...«, erschaute kurz unter die Decke, »ein paar blaue Flecken, sonst wohl nichts.«

»Gut«, sagte Anka, »Ich würde Ihnen nämlich gerne mehr von Goran und unserer Stadt zeigen.«

Sie blickte ihn mit ihren großen bersteinfarbigen Augen wieder bis tief in seine Seele an. Da stand sie, das zweite fremde Wesen, das Onno bis jetzt gesehen hatte. Groß, breit aber anmutig, eine Art Toga verhüllte ihren Körper. Seidiges Fell - vermutlich überall - und kleine spitze Ohren. Zwei Arme, die in einem Mittelding zwischen Pranke und Hand endeten. Eine breite Nase und ein breiter Mund mit einem Raubtiergebiss. Ganz klar Karnivoren, dachte Onno. Aber dieser Mund schien zu lächeln.

»Sehr gerne«, antwortete er, «aber ich würde mich vorher gerne noch etwas frisch machen.« Er schaute zur Hygienezelle und auf seine neuen Sachen, die Quirk mitgebracht hatte. Irgendwie erschien Quirk ihn als stiller Beobachter und ein wenig abwesend.

Anka verließ den Raum wieder.

»Alles gut«, sagte Quirk. »Ich bleibe in deiner Nähe, aber beachte mich einfach nicht.«

»Schwer möglich«, sagte Onno. »Du bist meine einzige bekannte Konstante in dieser fremden Welt.«

Und während Onno aufstand, sich seine Sachen schnappte, um sich frisch zu machen, sagte Quirk: »Ich lass dich nicht aus den - wie sagt ihr - Augen. Ach, die Früchte auf dem Tisch kannst du ruhig essen, sie sind ungefährlich«

Anka ter Dax kam zwanzig Minuten später in den Raum zurück, und der Breekianer schwebte noch immer ohne jede Bewegung in der Nähe des Bettes. Und der Fremde, er saß am Tisch und aß eine der bereitliegenden Früchte. Als er sie sah, stand er auf. Er sah schon merkwürdig aus, so ganz ohne Fell, so nackt. Von der Statur einem Goraner nicht unähnlich. Kopf, Rumpf, zwei Arme und zwei Beine, ein kleines Fell auf dem Kopf. Er war etwas kleiner als sie und zierlicher, fast schon zerbrechlich. Er trug eine blaue ... ja was eigentlich? Der Breekianer meldete sich zu »Wort«: »Die Menschen, so nennt er sich, nennen es Hose und darüber ist ein Hemd.« Sie kannte Breekianer nur von Berichten und wie sie kommunizierten. Und so war sie nur leicht irritiert, den Breekianer innerlich zu »hören«.

Ihr Farbempfinden war ein wenig gestört. Blaue Hose und ein Hemd mit bunten Karos darauf. Es wirkte so unharmonisch. Und dieses nackte Gesicht, dieser Mund und die Zähne darin. Diese Menschen hatten nie eine Beute gerissen. Ein Omnivore, ganz klar. Sie hörte ein »Lachen«. Der Breekianer schien sich zu amüsieren. Der Mensch bewegte sich schwankend und unbeholfen auf sie zu. Da war keine Eleganz in seinen Bewegungen, eher plump. Er blieb etwa einen Meter vor ihr stehen und streckte seinen Arm mit geöffneter Hand nach ihr aus. Vermutlich ein Begrüßungsritual, dachte sie und erwiderte die Bewegung.

»Menschen geben sich zur Begrüßung die Hand«, kam es wieder von dem Breekiane,. während der Mensch sagte:

»Mein Name ist Onno und ich freue mich, sie kennenzulernen.«

Anka schaute auf die Hand und ergriff sie. Nackt, weich, zart und keine Kralle, aber angenehm, dachte sie, während von Onno ein Plötzliches stöhnen kam.

»Bitte nicht so fest zudrücken« zischte er durch seine Zähne.

Instinktiv ließ Anka ter Dax los. Auch noch schwach, wie haben die bloß überlebt?, fragte sie sich. In Anka rührte sich was Beschützerhaftes für den kleinen

Menschen. Ganz besonders, wenn sie an ihre männlichen Artgenossen dachte.

»Gut, Mensch Onno, wir begrüßen uns so«, sagte Anka ter Dax und legte ihre beiden Hände auf seine Schulter. Ihr Kopf näherte sich seinem Kopf, bis ihre Wangen sich kurz berührten, während sie tief durch die Nase einatmete, als würde sie eine Witterung aufnehmen.

Onno hatte keine Schwierigkeiten seine Hände auf ihre Schultern zu bekommen, während ihre Hände wie Gewichte auf ihm lasteten. Auch er atmete tief ein. Sie roch, ja wie? Angenehm, exotisch, animalisch.

»Darf ich Sie nun nach draußen einladen?«, fragte Anka und führte ihn aus dem Raum durch einen kleinen Flur zu einer breiten Tür. Diese öffnete sich lautlos und Onno ging erst jetzt wirklich in eine von goldgelbem Licht durchflutete neue Welt.

Kapitel 10

»Wer war das? Wer hat den Angriff auf den Breekianer initiiert?«, fragte Sina Feg erzürnt an Calan Tre gewandt. »Weiß der Minister etwas? Was geht hier vor?« Sina Feg war außer sich. Erst die Explosion auf Lapen, dann der Tod von Amber Ger und jetzt das. »Haben wir schon ein Statement von Offi Dra, dem Leiter der planetaren Sicherheit?« Zu viele Gedanken strömten auf Sina Feg ein. Er konnte sich gar nicht mehr beruhigen.

»Wieso ein Statement von Offi Dra?«, fragte Calan Tre in einer Art, als würde es ihn nichts angehen. »Sehen Sie da irgendwo einen Zusammenhang? Ist wohl ein wenig weit hergeholt. Und wieso soll der Minister etwas wissen. Hat er nicht andere Sorgen? Die innenpolitische Lage ist mal wieder angespannt.«

Und nach einer kurzen unangenehmen Pause fuhr er fort: «Der Minister hat andere Sorgen, als sich um sowas zu kümmern. Dafür hat er ja mich, und nein, er weiß von nichts.«

Calan Tre hatte die Gelegenheit mal wieder genutzt, sich wichtig darzustellen. Es war nicht leicht für ihn gewesen. Calan Tre kam aus einfachen Verhältnissen und musste sich tatsächlich hocharbeiten. Nicht wie Sina Feg oder Senger Dax, die schon in der politischen Kaste der

Goraner hineingeboren wurden. Nein er hatte hart dafür gearbeitet und wollte nur den Respekt, der ihm zustand. Deswegen wirkte er auf andere meist ein wenig arrogant, ironisch provokant, aber auch verschlossen.

»Aber wenn Sie es wollen, frage ich natürlich Offi Dra nach seinen Erkenntnissen. Aber einen Zusammenhang zwischen der Explosion und dem Unfall kann ich beim besten Willen nicht herstellen.«

»Ach, Sie können da keinen Zusammenhang herstellen? Ist es nicht ein wenig zu zufällig für diese beiden Ereignisse in so kurze Zeit?«

»Aber der Breekianer kam nach der Explosion ins System, wo soll da ein Zusammenhang sein? Und die Explosion ... ein Unfall. Das eine hat mit dem anderen wohl offensichtlich nichts zu tun. Allerdings ist der Angriff auf den Breekianer und seinen Hominiden schon merkwürdig«, sagte Calan Tre.

»Trotzdem, fragen Sie Offi Dra«, forderte Sina Feg, »und geben Sie mir dann Bescheid. Ich danke Ihnen.«

Mit einem Wink seiner Tatze gab er Calan Tre zu verstehen, dass er jetzt allein sein wollte. Er griff nach einem Becher und trank mineralisiertes Wasser. Gedankenversunken schaute er zum Fenster seines Büros hinaus.

Als die Explosion auf dem Mond stattfand, drehte sich Lapen gerade aus dem Sichtbereich der Hauptstadt von Goran heraus, trotzdem zeigten einige Explosionsvektoren in Richtung des Planeten. Ein langanhaltender Schauer kleiner Trümmerstücke verglühte in der Atmosphäre und gab den Bewohnern ein schaurig schönes kosmisches Schauspiel. Dies sah Sina gerade.

Glück im Unglück, dachte er. Die ersten Ergebnisse kamen schon herein, und sie zeigten, dass der Mond auf seiner Bahn zwar etwas schwingen würde, aber stabil blieb. Auch seine Eigenrotation würde sich nicht groß ändern. Diese Schwingungen würden auf Goran zwar kleine, leichte und spürbare Beben verursachen, aber keine größeren Schäden weiter nach sich ziehen.

Glück im Unglück, dachte er erneut und verwirrenderweise erfreute er sich an dem Schauspiel am Himmel. Ein Meer an feurigen Streifen durchpflügte die Atmosphäre. Ein anhaltender Donner grollte herunter. Wäre die Explosion nur ein paar Minuten eher erfolgt, so wären diese feurigen Streifen wie explodierende Speere auf den Planeten gestürzt.

Glück im Unglück.

Doch war das alles wirklich nur Glück und Zufall, dachte er für sich. Sina stand auf und ging zum Fenster. Er hielt noch immer den Becher in der Tatze und schaute über die Stadt hinweg zum Horizont und darüber hinaus, ein Blick, der ihn eigentlich in sein inneres Selbst zurückführte, sodass er für einen kurzen Augenblick seine Umgebung vergaß. Als sich sein Nackenfell aufstellte und der Boden unter seinen Füßen leicht vibrierte, kehrte Sina Feg in die Realität zurück. Goraner hatten eine besondere Beziehung zu ihren Planeten. Veränderungen bewirkten eine instinktive Reaktion bei ihnen. Graue Kondensstreifen waren am Himmel und erneut schwoll ein Grollen heran, als würde der Planet brummend protestieren. Übersah er nicht irgendwas?

Kapitel 11

Die Tür öffnete sich und Onno ging hinaus. Nein, er stolperte eher, als dass er ging. Mit geöffnetem Mund und großen Augen taperte er wie ein kleines Kind, das zum ersten Mal einen Zoo besuchte, hinter Anka her. Quirk schwebte neben ihm und sandte beruhigende Impulse aus. Aber Onno wollte sich nicht beruhigen, er wollte sehen, hören, fühlen, riechen, schmecken und staunen. So viele Eindrücke prasselten auf ihn ein. Da war diese fremdartige Architektur von Gebäuden, ein eigenartiges Summen von schwebenden Gleitern - etwas Ähnliches hatte er in Filmen schon gesehen - und aufrecht gehende Katzen. Nein nicht wirklich Katzen, eher wildkatzenartig, aber auch das traf es nicht wirklich. Sie waren groß. Größer als er und muskulöser und sie sahen zu ihm herüber. Wie hießen sie noch, Goraner? Onno drehte sich einmal um sich selbst und stolperte weiter nach vorne. Seine Nackenhaare stellten sich auf und ein beklemmendes Gefühl der Unterlegenheit erfasste ihn.

»Sie werden dir nichts tun«, raunte es von Quirk rüber. »Sie sehen dich auch zum ersten Mal, so wie du sie, Nur ist es für sie nicht so neu wie für dich.«

Onno folgte Anka, und während sie weiter die Straße entlang gingen, wurde die Sache noch surrealer für ihn. Natürlich sah er hauptsächlich Goraner, aber es waren da noch vereinzelt andere Wesen. Hominiden, einem Menschen nicht unähnlich nur filigraner, oder Insektoiden. Sie gingen weiter, als Onno plötzlich »Halt« rief.

»Gibt es hier so etwas wie ein Café, einen Ort, wo man etwas trinken und sitzen kann?«, fragte er in Richtung Anka ter Dax. Er musste sich jetzt erstmal innerlich beruhigen. Wenn er sich je einen Kulturschock vorstellen konnte, so hatte er ihn gerade erlebt.

»Ja«, sagte Anka, »dort drüben«, und zeigte etwa 150 Meter geradeaus, wo ein kleiner Platz war, in dessen Mitte ein merkwürdiges Artefakt stand. Darum herum waren einige geschäftsähnliche Objekte postiert. Und an einige standen auch Tische und Stühle. Jedenfalls sah es nach Sitzgelegenheiten aus. Die meisten Tische waren besetzt, aber sie fanden auch einen Tisch, an dem Sie sich setzen konnten. Die Sitze waren für Onno ein wenig zu hoch, auch hatte er nicht den gleichen Körperbau wie die Goraner, so dass das Sitzen sich merkwürdig anfühlte. Quirk saß natürlich nicht. Es war schon seltsam, wie er so lautlos neben ihnen schwebte. Er war für Onno die einzige Konstante in dieser fremdartigen Umgebung.

»Was können wir Ihnen anbieten?«, fragte Anka ter Dax. Onno kam es vor, als würde sie sich über ihn amüsieren, zumal er ja nicht wusste, was er hier tatsächlich zu sich nehmen konnte.

»Nur einen Becher heißes Wasser bitte«, antwortete er.

Anka hob ihren Arm und machte eine schnelle drehende Bewegung in der Luft. Gleich darauf kam ein schlicht gekleideter Goraner, fast demütig ging er auf Anka zu und fragte nach ihrem Begehr. Sie sprach kurz und leise in sein Ohr. Der Goraner schaute kurz auf Onno herab, ging aber wortlos in das Objekt zurück.

»Ich brauche jetzt ein eine kleine Pause«, sagte Onno. »Das muss ich erstmal verdauen.«

Onno schaute sich erneut um. Rechts schwebte Quirk, links saß Anka. Von den Nachbartischen vernahm er ein knurrendes Stimmengewirr. An die Sprache und Laute der Goraner gewöhnte er sich langsam. Am goldgelben Himmel zeichnete sich eine Vielzahl von Kondensstreifen ab. Einige Gleiter flogen wie an Schnüren gezogen in geringer Höhe an ihnen vorbei. Hinter der Gebäudefront zeichnete sich eine gewaltige Skyline einer fremdartigen Stadt ab. Sie waren nicht im Zentrum der Stadt, sondern eher in einem Vorort. Wie fürsorglich von Anka, mich nicht gleich ins Getümmel einer fremden Stadt zu werfen, dachte er schmunzelnd.

In einer Welt, in der Gleiter schweben, was verursacht dann so viele Kondensstreifen am Himmel?, fragte er sich, schließlich war er Ingenieur, und das passte nicht zusammen.

Etwas erschrocken nahm er die Bedienung wieder wahr, wie diese einen Becher heißes Wasser vor ihm abstellte. Für Anka gab es wohl einen Saft.

Onno griff in die Brusttasche seines Karohemdes und holte ein Stück Heimat heraus. Er öffnete die Papierverpackung und nahm einen Beutel Tee in die Hand. Was wäre ein Ostfriese ohne seinen Ostfriesentee?, dachte er schmunzelnd und ließ den Beutel in den Becher wandern.

Onno schloss die Augen. Er rief sich den Marktplatz von Aurich in Erinnerung, wie er dort bei einem italienischen Café saß und auf die Markthalle schaute. Lauschte den Geräuschen und fühlte ein wenig Geborgenheit. Er wusste, wenn er jetzt die Augen öffnete, würde er sich vorkommen, wie in einem Alien-Ego-Shooter mit 3-D Brille. Nur dass er hier in der Realität wäre.

»Ist Ihnen nicht gut, wie fühlen Sie sich?«, fragte Anka, nachdem sie bemerkt hatte, dass ihr Gast seine Augen schon einige Sekunden geschlossen hatte.

»Oh«, sagte Onno, »ein wenig weit weg von zu Hause.« Er versuchte, dabei zu lächeln. »Das ist alles sehr neu und verwirrend für mich und es wäre schön, wenn ich einmal nur schauen dürfte.«

»Natürlich Fremder, nehmen Sie sich ruhig Zeit.«

»Ach nennen Sie mich doch bitte weiter Onno, dass ich hier fremd bin, ist offensichtlich«, sagte er mit einem Schmunzeln im Gesicht.

Danach schwiegen sie ein paar Minuten, während der Tee schön zog und er seine Umgebung intensiv beobachtete. Dann nahm er den Beutel aus dem Becher, legte diesen beiseite und nahm den Becher dann in beide Hände und hob ihn hoch. Zuerst roch er an dem Tee, zog das bekannte Aroma in sich auf, genoss das vertraute Gefühl von Heimat und nahm dann einen Schluck.

Schwarzer Tee ohne Zucker und ohne Sahnewölkchen, nicht optimal aber besser als nichts, dachte er für sich und genoss es.

»Was trinken Sie da?«, fragte Anka.

»Ein Stück Heimat, oh, natürlich, das ist Ostfriesentee. Man kann ihn eigentlich zu jeder Zeit und Gelegenheit trinken. Er beruhigt und regt gleichzeitig an und für manche ist er sogar sowas wie Medizin. Möchten sie auch einen?«, fragte Onno, griff in seine Brusttasche und holte einen zweiten Beutel heraus, welchen er in Richtung Anka weiterreichte.

»Sie können dies ruhig annehmen, es ist völlig ungefährlich für Ihre Physionomie«, raunte Quirk Anka ter Dax zu.

»Sie brauchen kochend heißes Wasser und sollten den Beutel einige Minuten ziehen lassen.« Das mit dem Zucker und der Sahne verschwieg er zunächst.

Anka nahm den Teebeutel eher vorsichtig entgegen und bestellte sich auch einen Becher mit heißem Wasser. Und während der Tee sich auch in Ankas Becher entfaltete, schaute Onno erneut zum Himmel auf.

»Sagen Sie mal, Anka ter Dax, was sind oder beziehungsweise, woher kommen diese Streifen da am Himmel? Ich gehe nicht davon aus, dass Sie noch chemisch betriebene Antriebsaggregate haben.«

»Oh, das da«, Anka schaute nach oben »Nein leider hat es auf einem unserer Monden einen schweren Unfall gegeben und Trümmerteile sind in die Atmosphäre geraten.«

Sie nahm den Becher in ihre Tatzen und roch erstmal an den für Sie neuen Getränk. Danach nahm sie vorsichtig einen kleinen Schluck. Für sie schmeckte der Tee ein wenig bitter und exotisch. Nach einem zweiten Schluck breitete sich eine nie gekannte wohlige Wärme in ihrem Körper aus.

»Ein schwerer Unfall? Das muss eine Katastrophe gewesen sein, nur eine extrem heftige Explosion oder ein Meteoriteneinschlag kann sowas hervorrufen«, sagte Onno.

»Sie haben recht«, erwiderte Anka. »Ein Materie-Antimaterie-Reaktor ist explodiert.« Anka ging zunächst davon aus, dass diese Technologie für Onno bekannt sei.

»Materie-Antimaterie-Reaktion«, sagte Onno laut vor sich hin. In seinem Kopf schlugen die Gedanken Kapriolen. Bei der Annihilation, also der Vernichtung von Wasserstoffatomen mit seinen Antiteilchen wurde die Energie von 1,88 GeV frei. Bei einer Fusion von Deuterium und Tritium »nur« 17.6 MeV. Wahnsinn dachte er nur. Nur ein paar Gramm davon würden die gesamte Energie für die Erde liefern. Gleichzeitig fragte er sich, woher hatten sie die Antimaterie und was mochte die Explosions-beziehungsweise Gravitationsschockwelle mit dem Mond gemacht haben? Wie wurde die Energie aufgefangen und wie gespeichert? Onnos Interesse war mehr als nur geweckt. Hier machte sich plötzlich die Schulung von Quirk bemerkbar. In seiner Naivität fragte er spontan: «Kann ich helfen, ich bin schließlich Ingenieur mit Schwerpunkt Energie.«

»Oh«, sagte Anka, »ich glaube, wir haben unsere eigenen Experten dafür, aber trotzdem ... Danke für das Angebot.«

Anka nippte erneut an dem Tee. Eine wohlige Unruhe ergriff sie, sodass sie ihre Krallen für einen kurzen Moment ausfuhr.

»Ich werde etwas müde«, sagte Onno plötzlich, »könnten wir zurückgehen?«

Quirk sandte zu Anka die Signale. »Lassen Sie uns bitte zurück zu unserem Schiff.«

Worauf Anka sagte: »Natürlich, ich beordere einen Gleiter für Sie und melde mich Morgen wieder.« Sie beglich die Getränke bei dem Servicepersonal und rief über ein Kom-Gerät einen Gleiter.

Zehn Minuten später kamen sie an Quirks Schiff an. Auch diesen Flug würde Onno nie wieder vergessen. Sein erster Gleiterflug über einer fremden Stadt. Vollautomatisch. Schwebend - wie eigentlich - fragte er sich, und geräuschlos. Onno war fasziniert. Als der Gleiter an der Rampe ankam, stiegen beide aus. Na ja, eher nur Onno. Es war schon ein eigenartiges Bild, das sich da einem Beobachter zeigte. Während der Hominide die Rampe heraufging, schwebte der Wurm - Breekianer - neben ihm. An der Schleuse angekommen schaute Onno nochmal über seine Schulter zurück zur Skyline der Stadt, dann trennten sich ihre Wege und er sagte laut: »Ich muss mal was überprüfen.«

»Ich auch«, kam es von Quirk, »ich glaube, wir sind auf der gleichen Spur.«

Dann bewegten sie sich in ihre Privatbereiche.

Kapitel 12

Calan Tre ging in seinem Büro auf und ab. Seine Gedanken drehten sich im Kreis. Die Explosion, der Tod vom Amber, das Attentat auf den Breekianer. Was hatte er nicht mitbekommen, was hatte er übersehen?

Er setzte sich und schaltete eine Verbindung zum Leiter der planetaren Sicherheit Offi Dra.

»Unterstaatssekretär Calan Tre hier«

»Ich weiß, wer du bist«, fauchte Offi Dra barsch. »Ist das eine sichere Leitung?«

»Natürlich, was dachten Sie denn?«, brummte Calan Tre.

»Dann ist es gut«, sagte Offi Dra schon etwas milder. »Was wollen Sie?«

»Nun«, sagte Calan Tre, «dieser Unfall auf Lapen und der Angriff auf den Breekianer und seinen Gast, gibt es da einen Zusammenhang?« Die Worte Unfall und Angriff unterlagen einer unterschwelligen besonderen Ausdrucksform, und Calan Tre glaubte, bei »Angriff« ein leichtes Glitzern in den Augen von Offi Dra, gesehen zu haben. Aber er hatte sich auch täuschen können.

»Natürlich nicht!«, sagte Offi Dra mit einer Stimme, die keinen Widerspruch zuließ. »Beides bedauerliche Ereignisse, die in keinem Zusammenhang zueinanderstehen. Allerdings ist ihr aufeinandertreffen im zeitlichen Kontext bemerkenswert. Wir haben uns der Sache angenommen. Sagen Sie dem Minister, ich werde ihn persönlich berichten, sobald wir etwas Genaueres herausgefunden haben. Ende der Diskussion.«

Der Bildschirm vor Calan Tre erlosch. Sein Nackenfell stellte sich auf. Hatte er was übersehen oder war das eine instinktive Reaktion auf seine Umwelt? In der Ferne hörte er ein leichtes Grollen und feine Wellen durchliefen den Boden. Diese Ereignisse würden noch eine geraume Zeit auftreten.

So oder so, er musste mehr erfahren. Er stand auf und ging zum Fenster. Der Blick über die Stadt, die in ihrem golddurchfluteten Licht erschien, hatte stets etwas Erhabenes und Beruhigendes auf ihn. Calan Tre fühlte sich hier im Ministerium in den oberen Ebenen den normalen Goranern, auf die er von dieser Position herabschaute, stets überlegen. Aber nicht jetzt. Etwas lief nicht so, wie es laufen sollte und er wusste nicht was. Calan ging zurück zu seinem Tisch, aktivierte die Kom-Anlage und machte einige Anrufe.

***

Anka ter Dax ging nach Hause. Sie war erschöpft. Der Unfall auf Lapen, die Sorge um ihren Vater, der Fremde und der Breekianer ... all das musste sie erst einmal verarbeiten. Etwas war in Bewegung geraten. Und sie spürte es mit jeder Faser ihres Körpers. Eine gewisse Unruhe befiel sie und sie schob es auf die Veränderungen, die der Unfall auf Lapen hervorgerufen hatte. Jetzt wollte sie erstmal ruhen und dann die Lage neu analysieren. Als sie endlich zu Hause angekommen war, ging sie, entgegen ihren sonstigen Gewohnheiten, sofort in ihr Schlafzimmer. An sich überprüfte sie normalerweise ankommende Nachrichten. Aber nicht jetzt. Sie legte sich hin und schlief sofort ein.

Nach einem tiefen und festen Schlaf weckte sie ein Drang, dem Sie nachgeben musste. Sie stand auf und ging in den Hygienebereich. Kurz schaute sie in den Spiegel, seufzte und erledigte ihr Geschäft. Beim Verlassen des Hygienebereiches kam sie wieder an dem Spiegel vorbei. Aus dem Augenwinkel nahm sie ihre Gestalt wahr und ging weiter, blieb aber abrupt in der Tür zum Schlafzimmer stehen. Langsam drehte sie sich um, ging zurück zum Spiegel und schaute in ihr Spiegelbild. Unzählige Male hatte sie hineingeschaut, hatte die schleichende Krankheit, die sie befallen hatte, gesehen. Sah die kleinen fast unmerklichen stumpfen Stellen in ihrem Fell. Manchmal waren es nur einzelne Haare, die ihren Glanz verloren hatten. Merkte, wie die Krankheit ihr sanft aber beständig Kraft raubte. Aber nicht jetzt. Sie schaute sich ihr Spiegelbild lange und intensiv an. Das, was sie sah, verglich sie mit ihrer Erinnerung. Etwas hatte sich verändert, aber was? Sie kam nicht darauf, wusste aber, da war etwas anders. Anka ter Dax ging durch das Schlafzimmer in ihren Arbeitsbereich und setzte sich an ihren Schreibtisch.

»Aktivieren, letzte Meldungen anzeigen«, sagte sie laut.

Ein holografischer Bildschirm flammte auf und zeigte die letzten Meldungen. Sie schaute auf den Bildschirm, konnte aber keinen klaren Gedanken fassen. Die Bilder des Tages gingen ihr immer wieder durch den Kopf.

»Bildschirm aus«, sagte sie dann nach einer Weile. Sie entschied, etwas spazieren zu gehen, um über alles nachzudenken und Revue passieren zu lassen. Anka verließ das Haus und in der Ferne grollte der Planet.

***

Onno saß in seiner Kabine und aß einen Brei. Es war schon ein verrückter Tag für ihn. Und schon wieder konnte er es kaum glauben, worin er da hineingeraten war. Trotzdem, oder gerade deswegen machte er sich intensiv Gedanken darüber. In einer spontanen Eingebung sagte er: «Computer, bis du in der Lage, die Explosion auf dem Mond zu simulieren?«

»Nicht genau« erschallte es im Raum. »Aber für eine grobe Annäherung wird es wohl reichen. Ich brauche dafür etwas Zeit!«

»Gut«, sagte Onno, »dann zeig mir bitte nochmal, was wir sonst so über Lapen wissen.«

Onno schaute auf das Holo und las unter amderem Trabant von Goran, luftleer, Energieforschungsstation, Abbau von Mineralien und seltenen Erzen, sonst keine bedeutende Industrie vor Ort. Da waren die beiden anderen Monde schon wegen der Industriestätten wesentlich interessanter.

»Hm ...«, Onno ließ seine Gedanken schweifen.

»Simulation fertig«, erklang es im Raum.

»Bitte zeigen«, sagte Onno.

In seiner Kabine schwebte plötzlich der Mond. Groß - etwa einen Meter im Durchmesser -, geräuschlos und so plastisch, als wäre er real vorhanden. Bei dieser Größendarstellung konnte er die Forschungsstation und einzelne Erzabbaustätten erkennen. Onno ging um das Bild herum, er war versucht, den Mond anzufassen und streckte seine Hand danach aus. Natürlich glitt sie durch das Bild hindurch. »Klar«, sagte er zu sich selbst und lachte.

Ein greller Blitz erschien an der Stelle, wo der Versuchsreaktor stand. Gesteinsbrocken flogen davon und ein riesiger Krater entstand. Kurz schien es so, als würde der Mond etwas gequetscht werden. So als ob man auf einen Ball drücken würde. Dann war alles wieder normal. Die Gesteinsbrocken flogen aus dem Bildbereich und verschwanden. Dort wo die Forschungsstation mit dem Reaktor war, glühte es im Inneren des Kraters rot. Hier schien alles durch die Explosion geschmolzen zu sein. Wie träge Lava. Sonst konnte Onno nichts sehen.

»Danke«, sagte Onno und drehte sich um.

»Das war nur die normaloptische Darstellung«, sagte der Bordcomputer.

»Wie, nur Normaloptische?«, fragte Onno. »Was gibt es denn noch zu sehen?«

»Nun, solche Explosionen haben zudem noch gravimetrische Auswirkungen auf den Himmelskörper und verursachen auch n-dimensionale Strahlung.«

»Na, das ist ja mal interessant. Und das kannst du berechnen und mir zeigen?«, fragte Onno ungläubig.

»Natürlich«

»Na dann mal los. Ach, und gib mir ein paar Erläuterungen dazu, die ich auf Grund meines irdischen Wissens nicht kennen kann.«

Und so hatte Onno ein paar lehrreiche Stunden mit dem Erkenntnisgewinn, dass er beziehungsweise die Menschheit eigentlich nur sehr wenig wusste. Und noch ein Gedanke oder Begriff bahnte sich seinen Weg aus dem innersten seines Wissens: «Impact-Diamanten«. Diese entstehen durch die thermischen und gravimetrischen Einwirkungen von Meteoriteneinschlägen. Noch konnte er diesen Gedanken nicht richtig einordnen, aber sein Gefühl sagte ihm, dass er auf dem richtigen Weg war.

Zufrieden mit sich selbst und erschöpft legte er sich schlafen.

***

»Kommen Sie herein«, sagte Senger Dax, »kann ich Ihnen etwas anbieten?«

Fist Shuddar betrat das Büro des Staatssekretärs. Er war ein Fehre aus dem gleichnamigen Sonnensystem, keine 100 Lichtjahre von Goran entfernt. Die Fehren waren Humanoiden, kleiner und labiler gebaut als die Goraner, aber trotzdem nicht zu unterschätzen. Die beiden Völker unterhielten bilaterale Handelsbeziehungen. Wobei es den Fehrern hauptsächlich um Metalle und Erze ging. Diese waren in ihrem System zwar grundsätzlich keine Mangelware, aber gewisse Sachen gab es auf Fehren nicht. Ebenso verhielt es sich für die Goraner. Auch sie hatten nicht alles und mussten für ihre Industrie gewisse Erze und Metalle einkaufen. Und so war es bis dato ein einträgliches Geben und Nehmen.

Seit geraumer Zeit versuchten die Fehrer auf den Monden um Goran eigene Abbaustätten zu erwerben, aber die Goraner sträubten sich noch.

»Wir wünschen ...« erfüllte den Raum.

»Machen Sie das nicht mit mir«, sagte Senger Dax.

»Behalten sie ihre suggestive Stimme bei sich. Bei mir wirkt sie nicht.«

»Nun gut«, sagte Fist jetzt in einem normalen Tonfall, wobei die Stimme immer noch ein vibrierendes Timbre hatte. Sie ging förmlich unter die Haut.

»Es ist schrecklich, was da auf Lapen passiert ist. Wir könnten eventuell helfen, wenn wir die Schürfrechte auf dem Mond im Planquadrat C34 bekämen. Wir schürfen auf der einen Seite des Kraters und unterstützen Sie auf der anderen Seite mit einer neuen Station!«

»Endlich mal ein Angebot, mit dem man etwas anfangen kann. Obwohl ... die Situation vor Ort ist noch verworren. Aber reden Sie weiter. Ich werde das Ergebnis dem Minister vorgeschlagen«, sagte Senger.

Zwei Stunden später verließ Fist Shuddar das Büro von Senger Dax. Kurz, bevor er das Ministerium verließ, kam ihm Calan Tre entgegen. Beide schauten sich nur kurz an, gingen dann aber ihrer Wege.

Calan Tre stutze kurz und eilte in sein Büro.

»Kom, stelle bitte einen Kontakt zu Anka ter Dax her!«, sagte Calan in den Raum.

Kurze Zeit später erhellte sich eine Holoprojektion von Anka ter Dax.

»Sie wünschen, mit mir zu sprechen?«

»Ja«, sagt Calan Tre. «Ich muss unbedingt mit den Breekianer und dem Humanoiden sprechen. Und da Sie hier auf Goran für die Betreuung zuständig sind, bitte ich Sie, einen Termin abzustimmen.«

»Merkwürdig«, sagte Anka, »Offi Dra möchte genau dasselbe. Wäre ein gemeinsames Treffen für Sie genehm?«

Calan Tre überlegte kurz. Einige unerfreuliche Gedanken gingen durch seinen Kopf. Schließlich stimmte er zu.

»Natürlich ist es kein Problem für mich. Bereiten Sie alles vor und informieren mich«, sagte er noch. Anka ter Dax nickte.

»Danke«, kam noch von Calan und die Verbindung erlosch.

Anka ter Dax stellte eine Verbindung mit dem Schiff von Quirk her. Sie bat ihn um einen weiteren Besuch bei ihr. Diesen Wunsch erfüllte Quirk ihr gerne, und so verabredeten sie sich zur Mittagszeit am nächsten Tag. Zum Schluss sagte sie noch: «Kann der Mensch Onno sein Getränk mitbringen? Das war köstlich.« Quirk schaute sie etwas länger schweigend an, sagte aber dann, dass er mit Onno darüber sprechen würde.

»Natürlich nehme ich ein paar Beutel Tee mit«, sagte Onno später. »Wenn es ihr schmeckt und gefällt.« Und etwas scherzhaft fügte er dann an: «Ha, vielleicht kann ich ja damit handeln«, und lachte dabei.

»Wer weiß«, sagte Quirk nur. »Wer weiß.«

Kapitel 13

Onno freute sich am nächsten Tag schon auf das erneute Treffen. Schnell stopfte er sich ein paar Beutel Ostfriesentee in sein Karohemd und ging zur Schleuse, wo ihn Quirk schon erwartete.

Die Schleuse öffnete sich und Onno war wieder mal erstaunt über die fremdartige Schönheit des Planeten. Das Quirk neben ihm schwebte, nahm er nur am Rande wahr. Mit diesem Anblick hatte er sich schon abgefunden. Aber dieses goldene Licht und diese Aussicht auf die, ja fast schon gigantische Stadt, diese fremde würzige Luft und selbst der leichte Druck der erhöhten Schwerkraft berauschten ihn aufs Neue. Mit einem Lächeln auf dem Gesicht ging er die Rampe herunter.

In der Ferne kam ihnen schon ein Gleiter entgegen. Dieser landete am Ende der Rampe und Anka ter Dax stieg aus. Sie nickte kurz in Richtung Quirk mit seinem »Schlauch« und ging auf Onno zu. Onnos Hand zuckte kurz in Richtung Anka, dann besann er sich und legte beide Hände zur Begrüßung auf ihre Schultern. Anka tat es ihm gleich, wobei Onno mit einem leichten »Uff« in die Knie ging. Für ihn fühlte es sich an, als würden Hammertatzen auf seine Schultern schlagen. Sie merkte die Berührung kaum. Als sie sich mit ihren Gesichtern näherten, um sich symbolisch zu beschnuppern, nahm er wieder ihren Geruch wahr. Fremd, animalisch aber auch betörend. Fast schon erregend. Onno ging einen Schritt zurück und schüttelte sich kurz.

»Ist etwas nicht o. k. mit Ihnen?«, fragte Anka ter Dax.

»Nein, nein«, sagte Onno schnell. »Alles o. k., es ist nur so anders hier. Ich bitte um Entschuldigung.«

Er hatte das Gefühl, als würde Quirk grinsen, obwohl Breekianer wohl nicht grinsen können. Jedenfalls stiegen sie dann alle drei in den Gleiter und flogen in Richtung Stadt.

Sie parkten den Gleiter in der Nähe eines Parkes. Die drei ungleichen Wesen verließen den Gleiter, und der Humanoide, der sich einmal um sich selbst drehte, stolperte den anderen beiden eilig hinterher. Sie steuerten die beiden anderen Wesen in einem caféähnlichen Objekt an. Onno war noch immer etwas erschlagen von diesen Eindrücken, obwohl es auch Gemeinsamkeiten gab.

Anka ter Dax ging zielstrebig auf einen Tisch zu, an dem schon zwei Goraner saßen. Beide trugen eine Art Cap auf dem Kopf. Auf der Oberfläche der Caps schimmerten kleine Metallfäden heraus, ähnlich einem Netz.

»Sie schirmen ihre Gedanken ab«, raunte es in Onnos Kopf. »Die Angelegenheit wird immer interessanter.«

Quirk schwebte dicht an Onno heran. Würde Onno seine Hand ausstrecken, könnte man denken, er trüge eine lange Tasche bei sich.

»Darf ich vorstellen, das sind Offi Dra und Calan Tre«, sagte Anka. »Sie untersuchen den Anschlag bei Ihrer Ankunft und hätten noch ein paar Fragen an Sie.«

Zur Überraschung der beiden Goraner, begrüßte Onno die beiden nach ihrer typischen Art, während Onno jedes Mal das Gefühl hatte, zwei Hämmer würden auf seine Schultern schlagen. Auch rochen die beiden wesentlich strenger, fast schon abstoßend. Kein Vergleich zu Anka ter Dax, dachte Onno. Alle setzten sich hin, außer natürlich Quirk und von der Seite kam eine Servicekraft.

»Was darf ich Ihnen bringen?«, fragte dieser.

»Bringen Sie mir einen Carisaft«, sagte Ofi Dra.

«Mir bitte auch«, kam es von Calan Tre.

»Ich hätte gerne nur heißes Wasser«, sagte Onno.

»Und für mich bitte auch« kam es von Anka. »Haben Sie ihr Getränk mitgebracht?«, fragte sie an Onno gerichtet. Ein Glitzern lag in ihren Augen.

»Sie meinen den Ostfriesentee? Natürlich«, sagte Onno und reichte ihr einige Beutel, die er mitgenommen hatte.

Kurz darauf kamen die Getränke.

Während die beiden Goraner Onno befragten, warum und wieso er und der Breekianer nach Goran gekommen waren, beobachtete Onno, wie Anka die Verpackung des Teebeutels vorsichtig, ja fast schon zärtlich behutsam öffnete und den Beutel in das Gefäß mit dem heißen Wasser gab.

»Lassen Sie den Tee kurz ziehen, bevor Sie trinken, erst dann entfaltet er seine Wirkung«, sagte er.

Die Fragen der beiden Goraner langweilten Onno, zudem er ja nichts zu sagen hatte, außer, dass sie zufällig hier wären. Was wiederum die beiden Goraner kaum zu glauben schienen.

Unterdessen beobachtete Quirk die Situation. Hielt Rücksprache mit dem Computer seines Schiffes, welcher sich in die Datenbanken des Planeten hackte und informierte sich unter anderem über die beiden Goraner. Auch er suchte nach Hinweisen, gerade jetzt, wo sie durch hochrangige Beamte des Staatsapparates befragt wurden. Leider konnte er die Gedanken der beiden nicht lesen. Die Caps wirkten wie ein faradayscher Käfig, der die Gedanken abschirmte.

Zuerst dachte Quirk, dass der Angriff auf sein Schiff eher ein zufälliger Unfall war, als ein eventueller extremistischer Anschlag. Denn niemand konnte wissen, dass sie kamen. Doch jetzt hatte er eher das Gefühl, in ein

Wespennest zu stoßen und die Wespen würden reflexhaft reagieren. Doch warum?, das war die entscheiden Frage. Er musste tiefer in die Infrastruktur von Goran tauchen. Irgendetwas übersah er. An der Befragung nahm er gar nicht teil. Anka war ohne Hinterlist ehrlich, das konnte er sehen. Bei den beiden männlichen Goraner konnte er wegen der Caps ja nichts erkennen. Er musste zurück ins Schiff, zumal er der hiesigen Regierung noch seine Aufwartung machen musste. Breekianer kamen normalerweise nicht ohne besonderen Grund zu Besuch. Er schuldete ihnen eine Erklärung.

Anka ter Dax folgte der Befragung eher oberflächlich. Sie konzentrierte sich auf ihr Inneres. Sie trank dieses menschliche Gebräu - ach ja, Tee nannte es der Mensch. Nein, Ostfriesentee war die genaue Bezeichnung. Sie spürte die wohlig warme anregende Wirkung des Getränkes. Aber da war noch mehr, nur was?

»Es tut mir Leid, aber wir drehen uns im Kreis«, sagte Onno plötzlich in einer Mischung aus Trotz, Ärger und Müdigkeit. «Ich werde diese Befragung jetzt unterbrechen. Entweder Sie glauben mir jetzt, dass wir zufällig hierhergekommen sind, oder nicht. Wir sind nicht Auslöser und damit auch nicht Anlass dieses gemeinen Attentats auf uns. Suchen Sie in ihren eigenen Reihen nach den Schuldigen. Behandeln Sie Besucher eigentlich immer so?«

Er entschuldigte sich noch bei Anka und bat sie, ihn mit Quirk zusammen zum Schiff zu bringen. Er war missgelaunt. »Was bilden die sich eigentlich ein?«, fragte er eher sich selbst.

Offi Dra und Calan Tre blieben etwas konsterniert sitzen. Sie waren es nicht gewohnt, dass man ihnen gegenüber so auftrat. Sie waren es eigentlich, die Gespräche beendeten. Sie waren es, die das Heft des Handelns in der Hand hatten. Doch jetzt ließ der Humanoide sie einfach sitzen. Auch das Schweigen des Breekianers gab ihnen zu denken.

»Ich werde der Sache weiter nachgehen«, sagte Calan Tre und Offi Dra gab ein kurzes Knurren von sich. Sie zahlten die Getränke und gingen ihrer Wege.

Beim Raumhafen angekommen stiegen Onno und Quirk aus. Während Quirk schon Richtung Schiff schwebte, berührte Anka Onno noch am Arm, so dass er sich noch mal umdrehte und sie fragend ansah.

»Mensch, haben Sie noch mehr von diesem ... Tee?«, fragte Anka schon fast vorsichtig. »Was möchten Sie dafür haben?«, kam es gleich danach.

»Möchten Sie mit mir handeln?«, fragte Onno zurück.

»Eventuell«, antwortete Anka und schaute Onno mit schrägem Kopf tief in die Augen. Plötzlich kam ihm diese riesige Feliden wie ein zu groß gewordenes Kätzchen vor, dem man nichts abschlagen könnte.

»Ich müsste zurück zur Erde, denn hier habe ich nicht mehr so viel. Da ich auf Quirk angewiesen bin, muss ich erst mit ihm sprechen. Ich melde mich bei Ihnen. Ach, ... und womit würden Sie denn handeln wollen?«, fragte Onno, während er schon zum Schiff lief, so dass Anka es nicht mehr hörte.

Aus dem Hintergrund hörte er noch ein »Danke«.

Quirk schwebte in seinen Bereich und versenkte sich in das Netzwerk von Goran. Onno brauchte zunächst Ruhe. Er ließ das Geschehene zunächst innerlich Revue passieren. Aber irgendwie konnte er sich nicht richtig konzentrieren. Etwas störte ihn, doch was? Onno legte sich auf sein Bett und schloss die Augen. Unzählige Gedankenbilder gingen durch seinen Kopf, aber ein Bild kam immer öfter, sein Haus in Aurich. Er war überstürzt aufgebrochen und jetzt merkte er, dass er so einiges vergessen hatte. Wer passte darauf auf? Wer kümmerte sich um seine Post? Er musste sich arbeitssuchend melden, und, und, und. Er stand auf und ging in seiner Kabine ruhelos umher.

»Quirk, kannst du mich hören?«, sprach er laut in den Raum hinein.

»Ja, natürlich, was möchtest du?« Quirk war zu höflich und fragte, obwohl er es auch »lesen« konnte.

»Ich glaube, wir müssen nochmal zurück zur Erde. Ich bin wohl ein wenig überstürzt aufgebrochen und muss noch so einiges regeln. Wäre das möglich?«

»Wie lange würdest du denn zuhause brauchen? Denn ich möchte der Sache hier gerne auf den Grund gehen.«

»Ich brauche wohl eine Woche um alles zu erledigen, dann könnten wir wieder hierher«, sagte Onno.

Nach einer kurzen Pause sagt Quirk: «Gut, lass uns aber erst morgen los. Ich muss noch einige Sachen durchgehen.«

»Ich danke dir, Quirk«. Darauf kam keine Erwiderung und Onno legte sich wieder hin. Kurz darauf war er eingeschlafen.

Kapitel 14

Anka wachte am nächsten Morgen auf und fühlte sich energiegeladen. Nicht aufgeputscht oder gedopt, sondern mit einem natürlichen Elan, als wäre ihr Körperakku plötzlich vollgeladen. Nicht wie sonst. Auch einige ihrer stumpfen Haare waren weg. Konnte es tatsächlich von dem Getränk des Menschen kommen und wenn ja, warum und womit sollte sie handeln?

»Kom, stell bitte eine Verbindung zum Menschen Onno her, ich möchte ihn heute nochmal kurz sehen!«, sagte sie und wartete.

Währenddessen ging Calan Tre, wie häufig, im nahegelegenen Park des Ministeriums spazieren, um sich für den Tag zu sammeln. Zu diesem Zeitpunkt war noch niemand außer ihm dort. Er hatte einige Informationen über den Breekianer eingeholt und bei diversen Goranern nachgefragt, was sie über den Unfall auf Lapen wussten. In seiner Position war er natürlich gut vernetzt, aber die Informationen, die er bekam, waren eher spärlich. Jetzt wollte er die Informationen wie in einem Mosaik zu einem Bild zusammenfassen. Und dafür brauchte er die natürliche Umgebung und Ruhe des Parks.

Er erfreute sich an dem glitzernden Tau auf dem Boden sowie an den wärmenden Strahlen seiner Sonne Gora. Gedankenversunken ging er vor sich hin, als sich plötzlich sein Fell sträubte. Auch seine Sinneshaare vibrierten. Etwas war anders. Er schaute sich um. Er hatte das Gefühl, beobachtet zu werden und schärfte seine Sinne. Schließlich waren Goraner Feliden, stammten von Raubtieren ab. Sein Kopf drehte sich erst nach links, dann nach rechts. Gleichzeitig richteten sich seine Ohren weiter auf, um besser hören zu können, aber nichts zu machen. Er konnte nichts Ungewöhnliches wahrnehmen. Mit einem unguten Gefühl und innerer Erregung ging er weiter. Da, links ein Geräusch, aber nein es war nur das Summen eines fliegenden Insektes.

Da, rechts ... nein es waren nur einige Blumen, die vom Wind bewegt wurden und sich dabei berührten. Adrenalin schoss in seinen Körper und mit einem drohenden Knurren ging er weiter.

»Bleib ruhig«, sagte er zu sich selbst.

Hinter ihm hörte er plötzlich etwas, wie Schritte auf Sand. Blitzschnell und geschmeidig einer Katze ähnlich drehte Calan Tre sich um. Aber da war nichts, oder doch? Er schaute genau in die Richtung. War da nicht eine leichte Sinnestäuschung, wie ein Flirren, als würde heiße Luft aufsteigen?

Aus dem Flirren wurden Schlieren und dann schälte sich eine Gestalt aus dem Nichts heraus.

»Sie?« Die Erkenntnis traf ihn wie der gleißende Blitz in seinem Kopf aus dem Strahler, den sein Gegenüber in der Pfote hielt. Nicht einmal ein »Warum?«, konnte er noch denken, da fiel sein lebloser Körper schon zu Boden. Die Gestalt steckte den Strahler in seinen Halfter zurück und verschwand wieder in einem Deflektorfeld. Calan Tre war zu neugierig geworden.

Nach dem Frühstück schaute Anka auf ihre Mails. Onno würde sie treffen können. Aber nur noch heute Vormittag, er müsse nochmal zurück zu seinem Planeten. »Das lässt sich einrichten«, sagte sie zu sich selbst. Sie schaute weiter und arbeitete die nächsten Mails soweit möglich sofort ab, als plötzlich eine vertrauliche Dringlichkeitsmail hereinkam. Sie kam von Ihrem Vater.

Anka stutze kurz. Ihr Vater schickte ihr schon mal Mails. Mal vertraulich, auch mal dringlich, obwohl im Ministerium eigentlich alles vertraulich und dringlich war. Aber dies hier war schon ungewöhnlich. Also öffnete sie die Mail und fauchte spontan. Calan Tre war ermordet worden und der Attentäter entkam unerkannt. Sie möge bitte schnellstmöglich ins Ministerium kommen. Das kam jetzt ein wenig ungelegen, nun ja, die Ereignisse um ein Attentat waren immer zeitlich ungelegen. Aber dies hier erst recht. Sie wollte mit Onno sprechen. Und auch seine plötzliche Abreise kam ihr in diesem zeitlichen Kontext ungewöhnlich vor. Wo war sie da nur hineingeraten? Und was sollte sie zuerst machen?

Sie flog zunächst ins Ministerium. Alle waren in heller Aufregung. Schließlich kam es nicht oft vor, dass Goraner ermordet wurden und schon gar nicht aus der politischen Kaste. Und da sie zu dem Vorfall nichts zu sagen hatte, verließ sie das Ministerium kurz darauf und flog zum Raumhafen.

In der Nähe von Quirks Raumschiff landete sie. Die Rampe war schon ausgefahren und der Mensch kam durch die geöffnete Luke. Er sah schon etwas merkwürdig aus, in dieser blauen Hose und diesem schrecklichen mit farbigen Karos behafteten Oberteil. Auch wie er die Rampe herabstieg, diese plumpen, fast holprigen Bewegungen. Trotzdem war er ihr sympathisch.

»Mensch Onno, ich habe hier eine Tauschmöglichkeit gefunden.« Sie gab ihm zwei mittelgroße Kästchen. »Dies sind Energiespeicher, wie sie in jedem normalen Objekt auf Goran vorkommen. Wie sie funktionieren, kannst du diesem Speicherkristall entnehmen. Auch wenn hier jedes Kind weiß, dass man sie nicht öffnen darf, weil sie sonst explodieren, gebe ich dir nur zwei, obwohl ich weiß, dass Wesen der Entwicklungsstufe 4 in der Regel nicht auf Ratschläge hören und sie doch öffnen. Teste sie, und im Gegenzug besorgst du mehr von deinem Ostfriesentee. Er schmeckt nicht nur, sondern hat vermutlich auch heilende Wirkung.«

Fast ehrfürchtig nahm Onno die beiden Kästchen entgegen. Dass sie ihn plötzlich duzte, nahm er als großen Vertrauensbeweis. Er bedankte sich und ging die Rampe wieder hinauf. Aus den Augenwinkeln sah er noch, wie sich Ankas Gleiter wieder entfernte. Er ging in seine Kabine und legte den Kristall in ein Lesegerät.

»Wir starten«, sagte Quirk.«Möchtest du es am Schirm verfolgen?«

»Gerne«, sagte Onno. Ein Holo entstand in der Mitte des Raumes und Onno hatte das Gefühl auf der Schiffsbrücke zu stehen. Der Start selbst war geräuschlos. Nur kleine Vibrationen waren zu spüren. Kurze Zeit später waren sie schon im Weltraum und nahmen Fahrt in Richtung der Systemgrenze auf. Er ging zurück zum Lesegerät und begann zu lesen und zu lernen. Er hatte ja sonst nichts zu tun.

»Ach Quirk, sag mal, wenn wir in den Hyperraum gehen, wie geht das?«

»Ich sagte schon mal, später. Aber jetzt nur soviel: Es bedarf mehrdimensionaler Energien und Felder. Diese müssen entsprechend moduliert und verarbeitet werden. Sie helfen uns, einerseits in den Hyperraum zu gleiten, treiben uns voran erhalten dazu unsere Räumlichkeit und Zeit in unserem Raumschiff. Das muss zunächst als Information reichen«, sprach Quirk in den Raum.

»Danke«, sagte Onno. »Eine Frage noch, wie werden diese Felder und Energien generiert?«

»Dazu brauchst du n-dimensional schwingende Kristalle. Im Computer sind genügend Informationen darüber für dich. Du hast ja jetzt ein wenig Zeit.«

Machte Quirk sich wieder lustig über ihn?

Kapitel 15

Die Zeit verging wie im Flug und Onno hatte das Gefühl, Quirk würde schneller zur Erde fliegen, als nach Goran. Er hatte in der Zwischenzeit viel gelernt und wusste mittlerweile, warum das Raumschiff für die terrestrischen Beobachter nicht zu erfassen war. Sie gingen in einen stationären Orbit, circa 40.000 km über Europa.

»Du kannst einen kleinen Gleiter nehmen«, sagte Quirk zu Onno. »Aber lass das Deflektorfeld an, damit du nicht entdeckt wirst. Ich pilotiere den Gleiter von hier aus. Irgendwann, später, wirst du es erlernen aber nicht jetzt und hier!« Quirks Worte hatten etwas Endgültiges, so dass Onno auch nicht widersprechen mochte.

Onno landete an einem Montagabend in seinem Garten in Tannenhausen. Sein Gleiter, eine ovale Linse zehn Metern länge, setzte sanft auf dem Rasen auf. Und er ging ins Haus. Es roch etwas muffig. Klar, wer hätte denn lüften sollen? Niemand.

Auch in seinem Kühlschrank war nichts mehr, was genießbar wäre. Das war schon frustrierend. Onno öffnete kurz alle Fenster und setzte sich dann in sein Auto, um zunächst Geld aus den nächsten Automaten zu holen. Danach fuhr er zum Imbiss Kanzler und gönnte sich ein

Kombimenü: Currywurst, Pommes Mayo mit einer Flasche Coke. Gott ..., war das herrlich nach so viel Nahrungsbrei.

Gut gesättigt fuhr er wieder nach Hause und rief seinen Kumpel Michael an. Einer musste ja in seiner Abwesenheit auf sein Haus und seine Post achten. Danach rief er Chris Bachus aus seiner alten Firma, der Energie AG an. Schließlich mussten die Energiespeicher getestet werden. Danach gönnte er sich ein mitgenommenes Bier. Kurz dachte er noch, ob er sich eine horizontale Erquickung erlauben sollte, sein letztes Amüsement war schon eine Zeit her. Schließlich war er auch nur ein Mann und wer wusste, ob er da oben im Weltraum jemals wieder zu einer solchen Gelegenheit kommen würde - mit wem auch immer. Er beließ es aber bei diesen Gedanken und ging ins Bett.

Am nächsten Tag besuchte er die Agentur für Arbeit in Aurich. Schließlich hatte er ja keinen Job mehr und wollte sich arbeitslos und arbeitssuchend melden. Er ging durch eine kleine aber saubere Eingangshalle. Hinter einem vergilbten Tresen saß ein älterer Herr. Onno schaute sich irritiert um. Durch seinen Aufenthalt auf Goran und Quirks Schiff hatte er etwas Modernes erwartet. In einer plötzlichen Eingebung entstand ein fortschrittlicheres Bild der Agentur in seinem Kopf: Er stellte sich eine kleine, aber moderne Eingangshalle mit einem großen 3-D-Bildschirm vor, und einem Tresen, auf dem mehrere Knöpfe waren. Jeder der hineinkam, wurde als Mann oder Frau identifiziert. Entsprechend erschien auf dem Bildschirm eine schöne, attraktive Frau oder ein entsprechender Mann. Für ihn würde eine Frau ihren Kopf zu ihm wenden und auf Aufschauen, während ihr halblanges Haar kurz ins Gesicht wehte. In freundlichen und lasziven Worten und mit einem betörenden Lächeln würde die Frau sagen: »Guten Tag, wie kann ich Ihnen helfen? Möchten Sie sich arbeitslos melden, drücken sie den ersten Knopf, suchen Sie Arbeit, den Zweiten, brauchen Sie eine Beratung, den Dritten. Ich werde Ihr Anliegen sofort bearbeiten.«

In einem Dialogverfahren würde er sein Begehr vortragen, während im Hintergrund alle wichtigen Daten mit seinem ehemaligen Arbeitgeber und dem Finanzamt abgeglichen wurden. Alle wichtigen Institutionen würden sofort benachrichtigt: Krankenkasse, Pflegeversicherung und Rente, obwohl, soviel gab es ja nicht mehr. Die bildliche Darstellung wäre so realistisch, als hätte man eine wirkliche fast erotisierende Person vor sich. Ein leichter Parfumgeruch würde ihn umwehen und das Lächeln der Frau wäre eine Einladung schlechthin. Die Atmosphäre würde ihm ein Gefühl vermitteln, gar nicht wieder weggehen zu wollen. Vermutlich würden die Reinigungskräfte den Bildschirm jeden Abend von möglichen Kussspuren der Ankommenden entfernen müssen. Onno musste dabei lächeln.

Doch die Realität war brutal und ernüchternd. Sie holte ihn schlagartig ins Jetzt wieder zurück. Vor ihm saß aber dieser ältere Herr, dem schon die Haare aus der Nase wuchsen vor einem altersschwachen Terminal. Er war wohl aus der alten Garde übriggeblieben, um die zu begrüßen, die sich nicht online bei der Agentur melden wollten und der nur seine Zeit hier absitzen musste. Schließlich brachte Onno sein Begehren vor. Der Sachbearbeiter schaute ihn nur verständnislos an, keine Empathie nur ein leidenschaftsloser Blick. Wie konnte man nur einen gut dotierten Ingenieursjob bei der Topadresse in Ostfriesland aufgeben?, schien sein Blick zu fragen.

»Ich möchte mich weiter entwickeln und dies kann ich nur in einer gewissen Entfernung von hier«, sagte Onno und lächelte dabei.

»Wie weit?«

»Sehr weit!«

»Aber Sie wissen schon, dass ich Sie zunächst sperren muss!«, sagte der Sachbearbeiter.

»Machen Sie, was Sie machen müssen«, sagte Onno schon leicht genervt. Ihm ging immer noch seine Vision durch den Kopf.

Kurze Zeit später verließ er die Agentur und ging zum Büro der Stadt Aurich - Sachgebiet 32.1 Ordnungswesen - und meldete ein Gewerbe an.

»Was für ein Gewerbe wollen Sie denn anmelden?«, fragte der Angestellte vor Ort.

»Tja, ein Handelsgewerbe. Import - Export vielleicht?«

»Also, Sie sollten schon wissen, was Sie machen möchten. Was wollen Sie den exportieren?«

»Tee, genauer ... Ostfriesentee«

»Das ist ja nicht gerade originell«, sagte der Angestellte spontan. »Und was wollen Sie importieren?«

»Nun, das soll sich ja gerade zeigen, nur eins weiß ich, das gibt es hier noch nicht«, sagte Onno sehr nebulös und schaute dabei in die Ferne.

»Nun gut«, sagte der Mann. »Füllen Sie das Formular hier kurz aus und denn Ausweis bitte. Hier noch der Gebührenbescheid. Zahlen Sie den nebenan ein und kommen dann zurück. Bis dahin habe ich die Anmeldung fertig.«

Onno nahm den Bescheid an sich, schaute kurz auf den Betrag und ging zum Kassenbüro. Kurz danach kam er in das Büro zurück und der Mann gab ihn seine Gewerbeanmeldung sowie einige Informationsbroschüren, wie »Existenzgründung, aber richtig« und »Waren mit Importbeschränkungen«.

»Danke«, sagte Onno und verließ das Büro.

Im Hintergrund hörte er noch: «Herzlichen Glückwunsch und viel Erfolg.«

Onno war zufrieden mit sich und der Welt. Er ging auf den Marktplatz in Aurich, um dort eine Kleinigkeit zu essen. Als er aus der Markthalle wieder heraustrat, stand die Sonne hoch am Himmel. Ihm fiel erst jetzt auf, daß es ein anderes helleres, klareres und wärmeres Licht war. Anders als auf Goran. Dort war alles in einem goldgelben Hauch eingebettet. Hier waren die Farben, wie sie sein sollten, hier war er zu Hause. Er ging über den Marktplatz und setzte sich an einen freien Tisch eines Cafés und betrachtete das Treiben. Von hier aus konnte er auch den Platz sehen, wo vor kurzen die junge Frau erschossen wurde. Was war das für ein schauriges Ereignis in Aurich gewesen.

Onno genoss die Sonnenstrahlen und den Latte macchiato.

Mit seinem neuen Gewerbeschein fuhr er dann am frühen Nachmittag zum Großhandel und meldete sich dort an. Schließlich brauchte er ja haufenweise Tee, jedenfalls mehr, als er in normalen Geschäften kaufen konnte. Mit einem vollen Wagen voller Tee und noch einigen Kleinigkeiten für die nächsten Tage fuhr er zurück zu seinem Haus.

Am nächsten Tag wollte er sich mit Chris Bachus und später mit Michael treffen. Eine tiefe Traurigkeit erschlug ihn plötzlich. Und Onno wusste sofort, dass das nur von Quirk kommen konnte. Er ging in seinen Garten zum Gleiter und versuchte, Kontakt zu dem Breekianer zu bekommen. Aber Quirk meldete sich nicht. Auch nahm die Stärke des Gefühls langsam ab. Mit der Sorge um Quirk ging Onno zurück in sein Haus.

Kapitel 16

Immer, wenn der Tod so gnadenlos zuschlug, war das Wehklagen groß. Aber noch wollten sie den Planeten nicht verlassen, noch suchten sie weiter. Zwei Wesen kommunizierten stumm.

»Sollen wir es ihm sagen, schließlich war seine Familie davon betroffen?«

»Würde sich was ändern, wenn wir es nicht sagen, er hat eine Aufgabe da draußen.«

»Ich würde es wissen wollen. Und du?«

»Ich glaube, ich auch. Gut. Mach es. Vielleicht ist er unserem Ziel ja schon näher gekommen.«

Und so wurde die traurige Nachricht ins All gesendet.

Kapitel 17

Es waren jetzt schon mehr als vier Tage her, dass der Mensch Goran verlassen hatte. Sie konnte die Veränderung an sich sehen. Trotzdem fragte sich Anka ter Dax, ob sie nicht selbstsüchtig gehandelt hatte, als sie diesem Onno einen Handel vorgeschlug. Sie wollte sich jetzt Rat von ihrem Vater holen und rief an.

»Vater, ich ...«, weiter kam sie nicht.

»Anka, ich bin hier in einem wichtigen Handelsgespräch, ich werden heute Abend zu dir kommen, aber jetzt habe ich keine Zeit.« Die Verbindung brach ab.

»Ihr Kind?«, fragte Fist Shuddar Senger Dax, als wenn er es nicht wüsste.

»Ja«, sagte Senger. »Und, ja, ich habe Ihr Anliegen nochmal durchdacht. Ich wäre unter Umständen bereit, Ihr Angebot anzunehmen. Es müssten da zwar noch einige verhandlungstechnische Kleinigkeiten geklärt werden. Und die eine oder andere nichttechnische Kleinigkeit, Sie wissen, was ich meine.«

»Ich glaube, ich kann es mir denken«, sagte Fist.

»Lassen Sie uns beim Essen über alles sprechen, damit es später zu keinen Missverständnissen kommt. Ich lasse etwas vorbereiten.«

Sie schauten sich beide in die Augen. Man konnte das Gefühl bekommen, als hätten beide etwas voreinander zu verbergen. Sie kannten sich schon eine Wcile und waren sich doch immer fremd geblieben. Das lag wohl auch daran, daß sie unterschiedliche Spezies waren. Und obwohl sie beiden grundsätzlich das Gleiche wollten, nämlich Handel treiben, waren ihre Motivlagen andere. Kurz danach verließen sie das Büro.

Kapitel 18

Am nächsten Morgen fuhr Onno zur Energie AG. Er hatte mit Chris Bachus einen Termin um 10 Uhr abgemacht, und so beeilte sich Onno, damit er pünktlich war. Von Quirk kam nur ein kurzes »Wie lange wirst du noch brauchen?«

Chris empfing Onno in der Eingangshalle und strahlte über das ganze Gesicht, er freute sich wirklich, ihn zu sehen.

»Mensch, wo bist du nur gewesen. Du warst wie vom Erdboden verschluckt.«

»Ja, das war ich wohl wirklich, aber ich habe dir was mitgebracht«, sagte Onno, um das Thema nicht weiter zu vertiefen.

»Ja, du hast es wirklich spannend gemacht. Na dann lass uns ins Labor gehen. Deine ehemaligen Kollegen freuen sich auch, dich zu sehen. Die Sicherheitsfreigabe habe ich bei unserem neuen Chef eingeholt. Du darfst also mit aufs Gelände.«

»Es wird dir gefallen«, sagte Onno und hob eine kleine Sporttasche, die er in der Hand hatte, hoch.

Nach einer kurzen aber intensiven Begrüßung mit seinen ehemaligen Kollegen nahm Onno die zwei Päckchen aus der Tasche und gab eines davon Chris. Das andere stellte er auf einen Labortisch.

»Das sind zwei modifizierte Speicherbänke. Ihr wisst, daran haben wir unter anderem geforscht. Testet sie bitte, ihr wisst schon Energieaufnahme, Kapazität, Energieabgabe et cetera. Nur eins dürft ihr nicht machen, sie öffnen.«

»Warum nicht?«, fragte Chris und nahm eins in die Hand. »Sieht und fühlt sich merkwürdig an, was ist das für ein Material?«

»Nur soviel, es ist wohl nicht von hier«, Onno grinste vor sich hin.

»Und warum darf ich es nicht öffnen?«

»Teste sie einfach, und wenn du merkst, was sie können, stell dir die Frage, was passiert, wenn du einen vollgeladenen Akku kurzschließt.«

»Das knallt«, kam es aus dem Hintergrund.

»Genau, und bei dem Rumms möchte ich nicht in der Nähe sein.«

»Ich habe sie so bearbeitet, dass ihr jede Energiekopplung nutzen könnt. Da, wo »E« steht, geht die Energie hinein. Da, wo »A« steht, heraus. Selbst induzieren könnt ihr. Auch wenn ihr jetzt lachen mögt, zieht euch die Energie aus der Konverterstation Emden-Ost. Die Windparks liefern genug überflüssigen Strom.

Chris, ich bin noch bis Freitag da, dann geht´s wieder auf Reisen.«

Von Chris kam ein langgezogenes Okay.

Sie schwelgten noch ein wenig in nostalgischen Erinnerungen, dann brachte Chris Onno zurück zur Eingangshalle der Energie AG.

»Was willst du später mit den Dingern machen?«, fragte Chris, »und wie kann ich dich erreichen?«

»Nun, du kannst mir E-Mails schreiben. Anrufen geht leider nicht. Und ich will damit handeln.«

»Bist du dir sicher und kannst du dir das Potential ausmalen? Wenn es auch nur im Ansatz stimmt, was du sagst, wird dies Aufmerksamkeit provozieren.«

»Ich weiß, was ich tue«, sagte Onno ernst, »aber erstmal austesten und schick mir bitte die Ergebnisse. Denn wenn ich wiederkomme, möchte ich anfangen zu verkaufen.«

Natürlich wusste Onno, dass, wenn es tatsächlich zu einem Handel mit den Speicherpaks kommen würde, würde er das Energiesystem national und international revolutionieren. Er würde sie aus der Realität der Naiven herausholen. Und er würde sich nicht nur Freunde damit machen.

So, jetzt hatte er noch zwei Tage Zeit, bis er mit Quirk wieder in Richtung Goran starten wollte. Es war noch einiges zu tun. Außerdem wollte er noch seine Eltern besuchen. Schließlich sollte sich keiner Sorgen machen, oder unnötige schlafende Hunde wecken.

Zwei Tage später stand er vor seinem Gleiter und schaute in seinen Garten und auf sein Haus zurück. Hatte er wirklich an alles gedacht? In Gedanken ging er es nochmal durch: Gewerbe angemeldet, arbeitslos gemeldet, Eltern besucht, nach dem Haus und der Post wird regelmäßig geschaut. Michael hatte eine Vollmacht für alles Wichtige, Tee en block eingekauft, sowie ein paar Kleinigkeiten für irdische Genüsse in den Weiten des Raumes.

An seinem Computer war versteckt ein kleiner Hypersender installiert, damit er wenigstens per E-Mail erreichbar war. Wer wusste, wann er wieder zurückkommen würde.

Versteckt in seinem Deflektorfeld stieg Onno ein und setzte sich ins Cockpit. Lautlos, nur das Laub in der Nähe raschelte, hob er ab. Nach nicht einmal einer halben Stunde war er wieder im Raumschiff von Quirk. Im Anflug konnte er es das erste Mal so richtig sehen. Es ähnelte tatsächlich im Großen und Ganzen einem Zylinder im

Verhältnis von circa 3,5 : 1. Nach vorne lief es leicht spitz an, nach hinten weitete es sich etwas aus. Dort waren wohl die Antriebssektoren. Über der Oberfläche waren diverse kleine Aufbauten, deren Sinn sich Onno im Moment nicht erschließen konnte. Das Ganze wirkte eher nützlich als ästhetisch. Quirk lenkte den Gleiter in einen kleinen Hangar in der Mitte des Raumes. Onno stieg aus und ging zum nächsten Schott. Über einem kurzen Gang kam er zu seiner Kabine. Eine bedrückende und traurige emotionale Atmosphäre empfing ihn.

»Quirk, ist alles in Ordnung? Ist was passiert? Möchtest du mit mir darüber sprechen?«

»Nein«, kam es knapp von Quirk.

»Okay, wann starten wir, ich muss noch einige Sachen aus dem Gleiter holen.«

»Wir sind schon unterwegs, du kannst machen, was du willst«, sagte Quirk.

Das war so ganz nicht der Quirk, den Onno kennengelernt hatte. Es musste etwas Gravierendes vorgefallen sein, aber was nur? Er kannte die Psychologie der Breekianer gar nicht. Kannte er Psychologie überhaupt? Jedenfalls hatte er sich in der Vergangenheit nie so richtig Gedanken darüber gemacht. Und mit Alien-Psychologie hatte er nun gar nichts am Hut. Er war immer von sich selbst ausgegangen. Nach dem Motto: Wie würde er auf etwas reagieren und wie würde das auf andere wirken. Und schon das hatte nur leidlich geklappt. Wie sollte er sich auch in einen Breekianer oder Goraner hineinversetzen? Plötzlich kam er sich wieder hilflos und unwissend vor. Zweifel und Panik machten sich in ihm breit. Hatte er sich vielleicht übernommen? Wie eine Lawine sah er schon kommende Probleme auf sich zurollen. Adrenalin pumpte sein Körper in die Blutbahnen. Wie wild fing sein Herz an zu schlagen. Schweiß trat auf seiner Stirn aus. Sein Blick verengte sich und die Wände seiner Kabine kamen immer dichter auf ihn zu.

»Nun beruhige dich mal wieder«, raunte es in seinem Kopf. »Wir werden darüber sprechen, wenn du soweit bist, aber nicht jetzt!«

Quirk sandte ihm beruhigende Impulse entgegen und Onno atmete erstmal tief ein und aus. Sein Blick wurde klarer und die Wände der Kabine waren nun auch da, wo sie hingehörten. Atmung und Herzschlag normalisierten sich. Schließlich machte er sich wieder auf den Weg zum Gleiter, um seine privaten Sachen zu entladen. Ein kleiner Kühlschrank und ein Mikrowellenherd waren dabei. Schließlich wollte er nicht immer diesen Brei von Quirk essen. Stunden später verschwand das Raumschiff aus dem Einsteinraum mit dem Ziel Goran.

Am nächsten Tag saß Onno wieder vor seinem Computer und lernte.

»Sag mal Quirk, wenn ihr im n-dimensionalen Raum fliegt, kommuniziert, ortet und so weiter, müssen die entsprechenden Gerätschaften auch mit dem n-dimensionalen Raum interagieren. Womit gelingt euch das?«

»Du brauchst dafür n-dimensional schwingende Quarze, du kannst sie auch Hyperkristalle nennen.«

»Und wie entstehen solche Kristalle?«

»Also, zunächst musst du wissen, dass die Kristalle zu einem Teil aus normaler Materie bestehen und zum anderen einem Teil, der auf einer höherdimensionalen Ebene schwingt. Stell dir eine Kristallgitterstruktur vor und jetzt kommt der Clou. In diesem Kristall sind ein oder mehrere Fremdatome. Diese Fremdatome sind in ihrem Kern verändert. Einige ihrer Neutronen wurden durch n-dimensionale Strahlung aufgeladen und so verändert, dass der gesamte Kern im n-dimensionalen Bereich schwingt. Dabei ändert sich die Masse des Neutrons erratisch, das Atom aber bleibt stabil, wie zum Beispiel Gold. Je nach Art der Kristallstruktur und des schwingenden Atoms werden die Hyperkristalle eingesetzt. Frag jetzt bitte nicht, wie man dies industriell verarbeitet.«

»Okay«, sagte Onno. »Das kann ich nachvollziehen, aber wie entstehen diese schwingenden Kerne?«

»Also, sie entstehen da, wo n-dimensionale Strahler sind. Das können bestimmte Sonnentypen, Neutronensterne, schwarze Löcher oder auch explodierende Sonnen sein. Bei einer Novaexplosion entsteht zum Beispiel eine extrem hohe Strahlung. Warum fragst du?«

»Ach, es interessiert mich einfach. Und schnüffel bitte nicht in meinen Gedanken herum. Danke«, sagte Onno und vertiefte sich wieder in seinen Computer.

Einige Stunden später lehnte er sich zurück und rieb sich die Augen. Nach dem vielen Input musste er erstmal seine Gedanken ordnen. Dabei fiel ihm auf, dass er das mit dem Handeln viel zu kurz bedacht hatte. Selbst wenn er einen vertraulichen Transport zwischen Goran und er Erde hinbekommen sollte, ohne dass es jemand bemerken würde, wusste er noch immer nicht, zu welchem Wert oder Preis er die Speichermodule verkaufen sollte. Dass es Abnehmer dafür geben würde, das zumindest war ihm klar. Schlussendlich war er von Quirk und seinem Raumschiff abhängig.

»So ist es«, erklang es plötzlich im Raum.«Aber lass uns das später erörtern. Dafür werden wir schon eine Lösung finden. Aber du hast mich auf eine Idee gebracht und ich glaube, wir müssen jetzt schnellstmöglich nach Goran. Ich habe die Geschwindigkeit auch schon erhöht. Wir werden also morgen den Rand des Systems erreichen und somit morgen Mittag dort landen.«

»Ach, ICH habe dich auf eine Idee gebracht, wo DU doch sooo viel klüger und weiser bist als ich!«, sagte Onno.

»Auch ein blinder Grims findet auch mal ein Freg« Onno glaubte, Quirk lachen zu hören.

»Bei uns heißt das: Auch ein blindes Huhn findet mal ein Korn. Aber danke für den Vergleich, ich glaube, ich will gar nicht wissen, was ein Grims ist. Bei was habe ich dich denn auf welchen Gedanken gebracht? Ach lass, ich werde es selber herausfinden. Ich geh zu Bett. Bitte weck mich, wenn wir einfliegen«, sagte Onno und ging zu seiner Schlafmulde.

Einen Tag später stand Quirks Raumschiff wieder auf Goran.

Kapitel 19

»Der Breekianer ist wieder da!«, sagte Fist Shuddar zu seinem Gegenüber. »Ich bin fast am Ziel. Jetzt darf nichts mehr schiefgehen!« Er legte seine ganze suggestive Kraft in seine Stimme.

»Ich kümmere mich darum«, erwiderte der Goraner ihm fast kleinlaut von gegenüber.

»Aber nicht wieder so einen dämlichen Angriff, wie beim letzten Mal. Wenn der Breekianer etwas mitbekommt, haben wir auf lange Zeit ausgespielt. Und ich meine nicht nur uns.«

»Wie gesagt, ich kümmere mich darum. Es bleibt aber bei unserer Abmachung, oder?«

»Ja, natürlich. Und bedenken Sie, der Kreis dieser Vereinbarung muss so klein wie möglich bleiben ... so klein wie möglich!«

Fast schien es so, als würde der Fehre unter dem Schreibtisch des Goraner verschwinden, aber seine Präsenz ließ ihn in gleicherweise sinnbildlich darüber schweben.

»Ich weiß, es ist alles arrangiert. Nun gehen Sie bitte, Sie werden im Ministerium erwartet. Es sollte auch nicht auffallen, wenn Sie zu oft hier sind«, sagte der Goraner und wies mit seiner Pranke zur Tür.

Beide Wesen schauten sich mit ernster Miene an und eisige Kälte lag in ihren Augen. Sie waren keine Freunde, aber sie hatten beide ein Ziel, das sie verfolgten.

***

Anka ter Dax traf sich mit ihrem Vater Senger in ihrer Wohneinheit. Sie hatte es sich gemütlich gemacht. Schließlich fühlte sie sich so gut, wie schon lange nicht mehr. Und sie war sich jetzt sicher: Es lag am Tee von diesem Humanoiden mit dem kleinen Pelz auf dem Kopf. Sie war ein Risiko eingegangen, als sie diesem Onno, wie er sich nannte, die Speicherpaks im Austausch gab. Aber eigentlich waren sie in jedem Gebäude, jedem Fahrzeug oder Gleiter. Halt ein Alltagsgerät. Aber es war auch Technologie, die diese Menschen nicht hatten. Und das war immer riskant. Wollte sie neue Handelsbeziehungen schaffen, so musste sie ihren Vater fragen.

Sie begrüßten sich herzlich und nahmen im »Wohnzimmer« Platz. Sie bot ihrem Vater ein heißes Getränk an. Er schaute sie skeptisch an.

»Vorsichtig Vater, es ist heiß.«

»Was ist das?«

»Tee!«

»Tee?«

»Ja, Ostfriesentee, von den Fremden, auf den der Anschlag verübt worden ist. Das soll ein übliches Getränk sein für die Menschen und für uns völlig harmlos, sagte jedenfalls der Breekianer, als ich es das erste Mal einem Café probierte. Ich habe es getestet, und wie du siehst, ich lebe noch«, lächelte Anka und fügte leise hinzu, so dass ihr Vater es kaum hören konnte «und wie.«

Senger Dax nahm das Gefäß mit dem Tee in seine Pranke und roch daran. Dieses Gesamtkonglomerat an verschieden Duftnoten war schon faszinierend. Er nahm einen kleinen Schluck. Wärme breitete sich in seinem Magen aus.

»Schmeckt interessant und gibt ein gutes Gefühl im Magen ab.«

»Trink langsam aus und warte ab, es belebt ohne aufzupuschen«, sagte Anka.

»Ist das der Grund, warum ich zu dir kommen sollte? Oder was möchtest du?«

»Ich möchte mit dem Menschen einen Handel abschließen. Tee gegen Energiepaks. Aber das kann ich ohne deine Zustimmung oder die des Ministers nicht machen«, sagte Anka.

»Wie kannst du!«, platzte es aus Senger hervor, doch gleichzeitig zuckte ein Gedanke durch seinen Kopf. »Eine Sekunde eben«, sagte er.

Tat sich hier unerwarteterweise eine Möglichkeit auf, um seine Ziele zu erreichen und gleichzeitig ein gutes Geschäft zu tätigen? Handel mit anderen Völkern war von je her ein lohnendes Geschäft. Man musste nur den richtigen Tauschwert taxieren. Gleichzeitig könnte man die Wogen nach dem Anschlag auf das Schiff des Breekianers glätten. Denn den brauchte er jetzt nun gar nicht. Des Weiteren würde es die Position des Ministers schwächen. Denn er, nun gut er und seine Tochter, hätten das Ganze eingefädelt und nicht der Minister.

»Die Sache hat nur einen Haken«, sagte Senger. »Mal abgesehen davon, es würde klappen, du weißt doch gar nicht, ob der Mensch und der Breekianer überhaupt wiederkommen?«

»Doch«, sagte Anka. »Die sind heute wieder auf Goran gelandet. Hast du das nicht mitbekommen?«

»Nein, ich war beschäftigt.«

»Wie fühlst du dich?«, fragte Anka plötzlich.

»Gut, sehr gut sogar«, sagte Senger. Ja, er horchte in sich hinein und bemerkte eine belebende, stärkende

Wirkung. War das die Wirkung des Tees? Er hatte es gar nicht bemerkt, aber ja … er fühlte sich gut.

»Ist es das, was dieses Getränk bewirkt?«, fragte er seine Tochter.

»Ja, und einiges mehr, aber das sage ich dir erst, wenn ich Gewissheit habe.«

»Gut, von mir aus hast du freie Hand. Ich regle das intern im Ministerium. Es ist dein Projekt und wir könnten alle davon profitieren. Ich muss jetzt zurück und alles in die Wege leiten. Du hältst mich auf den Laufenden. Danke.« Senger erhob sich.

»Ja Vater, ich gebe mein Bestes.«

Sie verabschiedeten sich und Anka nahm Kontakt zu Onno auf.

Kapitel 20

Über seine Arbeitsstation sah Onno den Gleiter von Anka ter Dax schon kommen.

»Geh du alleine«, sagte Quirk aus der Zentrale des Raumschiffes. »Ich bleibe noch hier und recherchiere. Du machst das schon.«

Wieder hatte Onno das Gefühl, als würde sich Quirk über ihn lustig machen, sagte aber nichts weiter. Er ging mit einem Paket Tee in den Armen zur Rampe und öffnete die Schleuse. Goldgelbes Licht durchflutete diese. Onno betrat die Rampe und bemerkte sofort die einsetzende Schwerkraft des Planeten. Das Paket mit dem Tee lastete plötzlich schwerer in seinen Armen. Er stieg die Rampe herunter, legte das Paket ab und begrüßte Anka ter Dax, wie er es gelernt hatte.

»Ich habe Ihnen etwas mitgebracht«, sagte Onno und blickte auf das Paket. Er konnte das Blitzen in ihren Augen sehen. Auch sonst hatte er das Gefühl, als würde sie von innen heraus strahlen. »Geht es ihnen gut?«, fragte er.

»Bestens«, erwiderte Anka, als wäre damit alles gesagt.

»Anka ter Dax«, sagte Onno etwas ernster, »ich habe ein kleines Problem. Ich würde gerne mehr von Ihrer Welt sehen, und auch etwas länger bleiben, so ein paar Tage. Zudem bräuchte ich einen Arbeitsterminal mit einem

Anschluss an Ihre öffentliches Netz. Allerdings habe ich kein Zahlungsmittel für Sie, nur meinen Tee.«

»Oh«, sagte sie:« aber das ist gar kein Problem. Ich werde Ihnen in meinem Haus einen Raum geben, wo Sie auf alles zugreifen können. Und was die Tauschfähigkeit mit Ihrem Tee angeht, so machen Sie sich da keine größeren Gedanken. Auch ich habe diesbezüglich ein Anliegen an Sie. Wir werden uns schon einig werden. Lassen Sie mich nur kurz das Ganze arrangieren.«

Onno bemerkte, dass sie ihn wieder siezte. Offensichtlich hatte sie gerade keinen Tee getrunken, dachte er belustigt.

Anka drehte sich kurz um und sprach in ihren Kommunikator, den sie an ihrem Handgelenk trug.

»Lassen Sie uns noch einmal einen kurzen Flug über die Stadt machen, wenn wir dann zu mir nach Hause fliegen, ist alles fertig«, sagte sie.

Onno konnte das Gesicht der Feliden noch immer nicht richtig deuten, aber er glaubte, sie würde lächeln.

Zwei Stunden später - nach Onnos Zeit - kamen sie bei Anka ter Dax Wohngebäude an. Er war erschlagen von den Eindrücken und der fremdartigen Ästhetik der Stadt. Anka brachte ihn in den Raum, in dem er nach dem Anschlag aufgewacht war. Er hatte sich etwas verändert. Ein Tisch und ein paar Stühle waren auf seine Größe hin eingerichtet worden. Und auch ein kleiner Arbeitsplatz mit einem Terminal war an einem Fenster installiert worden.

»Ah, deswegen der ausführliche Rundflug«, sagte Onno. Er war begeistert.

«Ich hatte mir schon gedacht, dass Sie wiederkommen würden, ich wusste nur nicht wann?«, sagte sie. »Deshalb hatte ich schon einige Vorbereitungen getroffen, die mussten nur noch aufgestellt werden. Und dafür brauchte ich ein wenig Zeit. Möchten Sie etwas essen oder trinken?«

»Gerne«, erwiderte Onno freudig.

Anka ging aus dem Raum und brachte kurze Zeit später was zu essen und zu trinken mit. Onno schaute auf den Tisch. Das, was er sah, war vermutlich Obst, Gemüse, rohes Fleisch - es schien noch zu bluten - sowie Wasser und ein Saft.

»Setzen Sie sich und greifen Sie zu«, lud Anka ein.

Auch sie setzte sich und griff nach dem Fleisch. Fasziniert schaute Onno ihr zu und nahm selber Gemüse und Obst. Andere Länder, andere Sitten, dachte er für sich, als er sah, wie Anka das Fleisch zermalmte, sagte aber nichts. Während des Essens unterhielten sie sich, nein sie scherzten sogar. Es schien, als würden sie eine gemeinsame Wellenlänge haben.

Nach einer Stunde wurde Onno müde.

»Ich würde mich gerne etwas ausruhen«, sagte er.

»Sicher, ich zeige Ihnen nur noch kurz, wie Sie mit Terminal arbeiten können. Und hier haben Sie einen Kommunikator für die Hand. Damit können Sie mich jederzeit erreichen.«, Sie reichte ihm eine Art Armband, ähnlich einer Uhr.

Etwas später, voll mit Informationen, legte sich Onno hin und schlief sofort ein.

***

Es war ein traumloser langer aber auch erfrischender Schlaf. Als er am nächsten Tag aufwachte, standen schon wieder frisches Obst und Gemüse auf dem Tisch. Er hatte gar nicht gemerkt, dass es jemand, vielleicht sogar Anka, dort hingestellt hatte.

Er machte sich frisch und aß eine Kleinigkeit. Danach setzte er sich an das Terminal und aktivierte es. Obwohl es eine Übersetzungssoftware hatte, damit er es lesen konnte, fiel es ihm schwer, sich in das Gelesene hinein zu versetzen. Aber mit der Zeit wurde es immer besser. Ihm war klar, dass das, was er hier im Netz fand, eher unverfänglich war. Trotzdem machte er Fortschritte. Nur einmal rief er nach Quirk.

»Quirk, kannst du mir kurz bei einem energetischen Problem helfen?«

»Welches Problem?«

»Es geht um die Eindämmung Materie-Antimaterie-Reaktionen in Abhängigkeit des jetzigen Wissensstandes?«

»Okay, was möchtest du wissen?«

»Ist es Standard, dass diese Reaktionen in einem 2-fach abgesicherten Schirm stattfinden? Und wie hoch ist die Wahrscheinlichkeit, dass einer, beziehungsweise beide Schirme ausfallen?«

»Zuweilen sind die Standards sogar noch höher, aber die Wahrscheinlichkeit, dass ein Schirm ausfällt, liegt bei weit unter 0,01 %. Dass beide ausfallen, geht gegen null. Es gibt immer genügend Backupsystem. Du nennst es wohl Redundancy of Equipment.«

»Danke«, sagte Onno, «du hast mir sehr geholfen.«

»Du mir aber auch«, erwiderte Quirk.

Onno blieb noch eine Stunde an seiner Arbeitsstation und rief dann Anka an.

»Anka ter Dax, möchten Sie mir eventuell einen Ihrer vielgelobten Parks zeigen?«, fragte Onno in seinen Handkommunikator.

»Gerne«, sagte sie am anderen Ende des Empfangs. «Ich bin in einer Stunde bei Ihnen.«

»Schön, ich freue mich schon«, sagte er noch und beendete die Unterhaltung.

Eine Stunde später schlenderten sie durch einen Park nahe der Stadt.

Kapitel 21

»Gibt es was, das ich wissen sollte?«, fragte Offi Dra in den Bildschirm. Am anderen Ende der Leitung war Sina Feg.

»Ich wüsste nicht was«, sagte Sina. »Und wieso fragen Sie mich?«

»Es hat was mit unseren beiden Besuchern zu tun.«

»Na und, was habe ich damit zu tun?«

»Beide informieren sich über den neuen Reaktor und den Unfall auf Lapen.«

»Ach, und woher wissen Sie das?«, fragte Sina. »Bei mir haben sie nicht angefragt.«

»Bin ich Leiter der planetaren Sicherheit oder nicht?«, fragte Offi Dra. »Wenn zwei ungewöhnliche Besucher kommen, dann haben wir natürlich ein Auge auf sie. Ich frage also nochmal, gibt es etwas, was ich wissen sollte?«

»Nein, und was Sie jetzt nicht wissen, werden Sie auch später nicht wissen. Und jetzt Schluss mit dieser albernen Unterhaltung, Oder beschuldigen Sie mich, dass ich mit dem Unfall etwas zu tun habe?«

»Nein, natürlich nicht«, weiter kam Offi Dra nicht, da hatte Sina Feg die Unterhaltung schon unterbrochen.

Es saß da und überlegte kurz. Dann aktivierte er die Kom-Einheit wieder.

»Senger Dax, ich grüße sie«, sprach er.

»Danke, was kann ich für Sie tun?«, fragte Senger.

»Gibt es etwas, was ich von Ihnen oder dem Minister wissen muss?«

»Wie kommen Sie denn darauf?«

»Offi Dra rief mich an und erzählte mir, dass sich unsere beiden neuen besonderen Besucher über den Unfall von Lapen interessieren. Wäre es nur der Humanoide, würde ich mir auch keine Sorgen machen. Aber er und der Breekianer ...?«

»Nein, machen Sie sich keine Sorgen, es gibt nichts. Aber ich werde mit dem Minister nochmal Rücksprache halten. Schließlich hat er ein paar Quellen mehr als ich. Ich melde mich.«

Und so schnell, wie Sina Feg die Verbindung mit Offi Dra beendete, so schnell, beendete auch Senger Dax die Verbindung mit Sina Feg.

DAS machte Sina Feg nachdenklich. Er musste ein paar Gespräche führen.

Fist Shuddar rief kurze Zeit später bei Senger Dax an.

»Was ist bei Ihnen los, weiß die linke Hand nicht, was die rechte Hand macht?«

»Was wollen Sie, ich bin hier beim Minister in einem Meeting und kläre Ihr Hilfsangebot ab und auch den Preis dafür. Ich rufe Sie später an. Ich habe jetzt keine Zeit dafür, alles läuft wie geplant.« Senger Dax kappte die Verbindung.

Senger Dax war ein wenig irritiert. Was wollte dieser Fehre damit andeuten? Sie hatten alles besprochen und der Minister war kurz davor, sein Okay zu geben. Damit wäre der Weg für Senger frei. Und der Fehrer hätte seine Mine, also, was sollte der Anruf? Um den Breekianer würde er sich später kümmern. Und dieser Mensch, Entwicklungsstufe 4, atomare Entwicklung kaum flugfähige Raumfahrt, was sollte der schon wissen. Außerdem wurde sich schon um ihn gekümmert. So oder so war er keine Gefahr. Alles lief nach Plan. Trotzdem, irgendetwas stimmte nicht, und so war er abgelenkt.

»Senger Dax, ich lehne das Begehren der Fehren aus den genannten Gründen ab«, sprach ihn der Minister mitten in seinen Überlegungen an. «Wir müssen das mit uns selbst klären, wie würden wir in der Weltengemeinschaft dastehen, wenn wir das nicht selber lösen könnten. Sie haben doch eine Untersuchung beantragt. Was haben Sie denn schon herausgefunden?«

Senger war über die Ablehnung so überrascht, dass er nur stereotypisch antwortete. «Es liegen mir noch nicht alle Untersuchungen vor, sodass wir zunächst von einem technischen Problem ausgehen.«

»Reden Sie keinen Quatsch, es sind schon mehrere Tage nach der Explosion vergangen. Und Sie haben noch kein Zwischenergebnis? Bis morgen wünsche ich einen ausführlichen Zwischenbericht. Und kommen Sie mir nicht wieder mit der Fehrengeschichte. Handel ja, Hilfe auch gut, aber unser Territorium bleibt auch unser. Und jetzt gehen Sie. Ich glaube, Sie haben etwas zu tun.«

Ja dass Glaube ich auch, dachte Senger für sich, drehte sich um und verließ das Meeting mit dem Minister.

Jetzt gab es Handlungsbedarf. Seine Ziele und seine Ehre waren in Gefahr. Er hatte mit dem Fehren einen Handel geschlossen. Und wenn Goraner einen Handel schließen, so waren sie daran gebunden. Dies war eins der ehernen Gesetze der Weltengemeinschaft. Handel ist Handel. Die Nichteinhaltung einer solchen Vereinbarung brachten Misstrauen und Konflikte mit sich. Und so etwas konnte zum Krieg führen. Und über so etwas wachten unter anderem die Breekianer. Allerdings konnte dieser Breekianer von dem Handel noch nichts wissen. Und deshalb gab es für Senger Dax plötzlich Handlungsbedarf. Auch er musste jetzt einige Gespräche führen.

Kapitel 22

Seine Aufgabe war klar definiert, er musste herausfinden, was der Mensch wusste, ohne dass er verschwinden durfte. Diese Tochter des Politikers Senger Dax war immer in seiner Nähe. Auch sie durfte keinen Verdacht bekommen, das hätte die Mission nicht nur gefährdet, sondern es wäre auch unangenehm für seinen Auftraggeber geworden. Also besorgte er sich alles, was er damals in seiner Ausbildung gelernt hatte. Der Personendeflektor war das Beste, was zurzeit auf dem Markt war. Auch die Minisonden waren vom Feinsten. Daneben benötigte er noch einen Paralysator. Man konnte ja nicht wissen, aber der kleine Humanoide, wäre auch so keine Gefahr für ihn.

Über seine Quellen hatte er erfahren, dass Anka ter Dax und dieser Onno auf dem Weg zu einer der Parkanlagen nahe der Stadt unterwegs waren. Er landete seinen Gleiter abseits der üblichen Gleiterparkplätze und begab sich im Schutze seines Deflektorschirmes in den Park hinein. Für die Schönheit der Anlage hatte er jetzt keinen Sinn. Nahe einer Sitzgelegenheit ließ er seine Sonden aufsteigen und platzierte sie so strategisch, dass er alle Ein- und Ausgänge im Blick hatte. Er selbst hatte die übertragenen Bilder auf seiner Datenbrille. Es war nur eine

Frage der Zeit, bis er das ungleiche Paar entdecken würde. Ungleich ja, aber Paar? Zunächst erschrak er bei diesem Gedanken, dann amüsierte er sich darüber. Nein es wäre äußerst unwahrscheinlich, dachte er.

Und da waren sie. Nicht zu übersehen, zumal der Mensch schon für sich nicht in die Umgebung passte. Er steuerte die nächste Sonde an die beiden heran, um die Unterhaltung mitzukriegen.

Anka und Onno landeten gerade mit ihrem Gleiter auf dem Gleiterparkplatz. Schon aus der Luft konnte Onno das riesige Areal sehen. Er versuchte für sich eine Einordnung dessen, was er sehen konnte. Vieles ähnelte dem, was es auf der Erde gab. Da waren Bäume, Sträucher, Rasen und Blumenbeete, jedenfalls sahen sie so ähnlich aus. Geschwungene Wege führten durch den geschickt angelegten Park. Sie stiegen aus und gingen durch ein Tor hinein.

Über dem Tor war eine Inschrift und Onno wollte schon fragen, was sie bedeute, ließ es aber sein. Vom Boden aus war der Park noch viel eindrucksvoller. Er atmete ein paar Mal tief ein und aus. Er fühlte sich plötzlich euphorisiert. Er hörte, wie auch Anka tief einatmete.

Sie schaute ihn an und zeigte in eine Richtung. »Das sind Skrubs«, sagte sie und meinte eine größere Ansammlung von Bäumen in der Nähe. »Sie geben besonders viel Sauerstoff ab, deshalb sind sie so beliebt, aber auch selten. Sie stehen unter einem besonderen Schutz.« Damit war wohl alles gesagt.

Sie gingen über einen mit feinem Kies ausgeschütteten Pfad entlang. Onno war fasziniert von der schon gewohnten Fremdartigkeit. Er schaute sich wie ein kleines Kind nach allem um. Die Gerüche und die Laute hatten es ihn angetan. Spontan stellte er sich die Erde zur Zeit der Dinosaurier vor. Auch zu dem Zeitpunkt mussten die Gerüche und Geräusche anders gewesen sein, als zur heutigen Zeit auf der Erde.

Vor allem dieses goldgelbe Licht dieser Sonne verwandelte die Landschaft in ein bezauberndes mystisches aber auch beeindruckendes Naturschauspiel. So gingen sie schweigend den Weg entlang. Neben Anka verlor die Umgebung auch ihre Fremdartigkeit. Und seltsamerweise fühlte er sich beschützt. Sonst war es doch immer die Rolle des Mannes, jemanden zu beschützen. Aber hier war es anders. Mochte es daran liegen, dass sie eine Feliden war, oder dass sie größer war als er? Er wusste es nicht, aber er fühlte sich wohl in ihrer Nähe. Er schaute kurz zu ihr herüber. Wie stolz und elegant waren ihre Bewegungen und an den Stellen, die ihr Gewand nicht verhüllte, zeichnete sich ein geschmeidiges Muskelspiel unter ihrem Fell ab. Ihr wollte er nicht im Mondschein begegnen und etwas Böses erwarten. Bei diesem Gedanken musste er schmunzeln. Einträchtig gingen sie dem Weg lang und Onno hatte fast das Bedürfnis ihre Hand, nein Pranke, zu nehmen. Kurz stach ihm ein kleiner Sonnenstrahl ins Auge, so dass er blinzeln musste.

Onno unterbrach die Ruhe und fragte Anka plötzlich: »Anka, wäre es eventuell möglich, die Unfallstelle auf Lapen zu sehen?«

»Da gibt es nicht mehr viel zu sehen, außer vielleicht einen Riesen großen Krater«, sagte Anka ter Dax.

»Ich würde es trotzdem gerne sehen, schon allein deswegen, um ein Gefühl dafür zu bekommen, mit welchen Energien es man hier zu tun hat.«

In der Ferne spitze der stille Beobachter plötzlich die Ohren. Sollte er eingreifen? Er musste näher heran, um die Situation besser beurteilen zu können. Auch wenn er guten Sonden bei sich hatte, die alles perfekt aufnahmen, gab es Situationen, wo er schnell und konsequent handeln musste. Dies war so eine. Also näherte er sich im Schutze seines Deflektorfeldes dem ungleichen Paar.

»Das muss ich erst abklären, dafür brauche ich ein wenig Zeit«, sagte Anka.

»Außerdem benötige ich dafür einen raumflugfähigen Gleiter. Geben Sie mir ein paar Stunden Zeit alles zu …«.

Ihr Fell sträubte sich plötzlich und ein gefährliches Fauchen drang aus ihrem Mund. Feliden waren von Natur aus Jäger und hatten immer ein Gespür für Gefahren. Auch Onno fühlte sich plötzlich beobachtet. Er drehte sich einmal um sich selbst, um die Umgebung abzusehen. Es war nichts zu erkennen. Alles war normal. Aber das Gefühl, jemand wäre in der Nähe, wich nicht von ihm. Er schaute sich nochmal um, blickte genauer auf den Weg. Da waren Fußspuren, ja, aber es waren ihre eigenen. Auch auf dem »Rasen« um ihn herum war nicht zu erkennen, das jemand dort gegangen war oder gestanden hätte. Aber dieses Gefühl? Seit er mit Quirk zusammen war, meinte Onno, eine höhere Sensibilität gegenüber Personen und Empfindungen zu entwickeln, die in seiner Nähe waren. War das auch hier der Fall? Jedenfalls drehte er sich zu Anka ter Dax und fragte: »Spüren Sie das auch?«

»Ja«, sagte Anka gedehnt.«Ja, ich spüre es auch. Lassen Sie uns gehen. Ich habe noch einiges zu tun.«

Sie schaute Onno von oben herab tief in seine Augen. Er hatte das Gefühl sich darin zu verlieren. Sie drehten sich gemeinsam um, und gingen in Richtung des Ausgangs. Diesmal waren ihre Schritte schneller, fast schon gehetzt.

Der stille Beobachter wollte ihnen schon folgen, als in seinem Kopf eine bedrohliche Stimme materialisierte.

»Dass wird Konsequenzen haben. Er steht unter MEINEM Schutz.« Selbst gehetzt drehte er sich um, und versuchte den Ausgangspunkt der Stimme zu lokalisieren. Aber er fand nichts. In der Umgebung blitzten kleine Lichter auf, wie Glühwürmchen im Dunkeln, wovon Anka und Onno nichts mitbekamen. Er wusste, dass es seine Sonden waren.

»Geh! Geh, solange du noch kannst und vergiss nicht. Es wird Konsequenzen haben.«

Angst erfüllte ihn plötzlich. Eigentlich war er der Jäger. Speziell ausgebildet. Nichts auf Goran hätte ihn aus dem Gleichgewicht bringen können, aber diese Stimme ... Er wusste, von wem sie kam. Breekianer waren normalerweise freundlich und zurückhaltend, ihre Aufgabe war es, zu vermitteln, zu korrigieren, aber wenn es sein musste, waren sie auch unnachgiebig. Sie konnten und durften vollstrecken. Und sie fanden jeden, der bei ihnen in Ungnade fiel. Wirklich jeden. DAS machte ihm Angst. Auch er entfernte sich schnell aus dem Park.

Ein paar Stunden später saßen Onno und Anka in einem Raumgleiter beim Raumhafen, um zu der Unfallstelle zu fliegen. Der Gleiter hatte tatsächlich Ähnlichkeiten eines langgezogenen Ufos. Er war in etwa 30 m lang, 20 m breit und 6 m hoch. Links und rechts waren kleine stummelartige Flügel und am Ende war ein kleines Leitwerk angeflanscht. Flügel und Leitwerk dienten vermutlich nur als Notmaßnahme im atmosphärischen Flug. Die Flugkabine im vorderen Bereich war mit einer Glaskuppel überdacht. Beim Einstieg durch die Schleuse, die im ersten Drittel des Gleiters angebracht war, hatte er das Gefühl eine Hochseeyacht zu betreten. Alles war luxuriös eingerichtet und in einzelne kleine Räumlichkeiten unterteilt. In der Mitte des zweieinhalb Meter hohen Raumes war eine Treppe, die nach oben zur Flugkabine führte. Im ersten Moment dachte Onno an das Cockpit eines Learjets, wäre der Raum nicht gerade so üppig dimensioniert. Anstelle eines Instrumentenbrettes gab es einen großen Bildschirm, wo vermutlich alle wichtigen Daten angezeigt wurden, doch der größte Unterschied war wohl der, dass es anstelle eines Steuerknüppels eine Art Joystick zum Fliegen gab.

Onno setzten sich neben Anka. Er stellte seine Tasche rechts daneben ab, in der er einen kompakten Raumanzug mitgenommen hatte. Quirk hatte ihm den gegeben. Ohne

Anzug auf einen luftleeren Mond zu fliegen, das wäre schon ganz schön blöd gewesen, hatte Quirk gemeint.

Mit routinierten Griffen aktivierte Anka den Bildschirm und damit den Gleiter. Dann nahm sie den Joystick in die Hand. Würde er es nicht durch die Glaskuppel sehen, er hätte es nicht gespürt, dass sie abgehoben hatten. Schnell gewannen sie an Höhe, und Anka drehte eine kleine Schleife um den Raumhafen. Er sah die dort geparkten Raumschiffe. Zwischen ihnen herrschte ein wahrer Güterstrom. Es sah aus, als würden kleine Ameisen ihre Ladungen zwischen den Schiffen und den Lagerhallen hin und her transportieren. Auch Quirks Schiff konnte er sehen. Dann änderte sich seine Sicht und es ging steil nach oben. Er hatte kein Gefühl für die Geschwindigkeit, aber kurze Zeit später ließen sie die Atmosphäre hinter sich. Er hielt kurz den Atem an und ließ diesen Augenblick auf sich einwirken. Onno dachte an die Astronaute. Sie mussten einen ähnlichen erhabenen Blick auf die Erde haben. Nur das er nicht schwerelos im Cockpit herumtrieb.

Da war es wieder, dieses Gefühl. Wie klein war er doch bei dem Anblick dieser unfassbaren schwarzen Tiefe der Unendlichkeit. Er saugte sich an dieser schwarzen Tiefe förmlich fest. Nicht einmal die indirekte Beleuchtung der Kabine, oder der beleuchtete Bildschirm schien ihn zu stören. Anka schaute zu ihm herüber. Vermutlich erheiterte dieser Mensch sie. Sie ließ ihn kurz gewähren, sprach ihn dann aber doch an.

«Soll ich ihnen die Funktionen hier am Bildschirm und die des Fluges erklären? Schließlich brauchen wir noch ein wenig bis nach Lapen.«

Onno zuckte leicht zusammen und löste sich von dem Anblick. Er brauchte ein paar Sekunden, um wieder in die Realität zurückzufinden.

»Oh. Ähm, ja. Natürlich gerne« stammelte Onno. Geraume Zeit später dachte er, wie kinderleicht doch alles hier funktionierte.

Kapitel 23

»Was macht Ihre Tochter da?«, schrie Offi Dra förmlich in den holografischen Bildschirm.

»Sie macht auf Wunsch ihres oder auch unseres Gastes einen Ausflug zu einem unserer Monde«, sagte Senger Dax.

»Aber sie fliegt nach Lapen, wieso weiß ich das nicht?«

»Erstens sind Sie unser Sicherheitchef und zweitens kann sie hinfliegen, wohin sie will. Sie hat alle Freigaben, die sie braucht. Ach, und drittens, was sollen sie sehen können, außer einem großen Krater? Schließlich gehört der Mensch der Zivilisationsstufe 4 an. Selbst wenn es da noch etwas zu sehen gäbe, er könnte es nicht verstehen.«

»Trotzdem, das gefällt mir nicht«, sagte Offi Dra. »Die Untersuchungen sind noch nicht alle abgeschlossen.«

»Nun bleiben Sie mal ganz ruhig. Es ist richtig, dass wir vorsichtig sein müssen. Aber was sollen die beiden da oben noch finden? Außer diesem Krater gibt es da nichts!«

Auch Senger Dax gefiel der Gedanke nicht, dass seine Tochter mit diesem Wilden da oben unterwegs war. Dies erfreute ihn ganz und gar nicht. Auf der anderen Seite, was konnte schon passieren?

Noch im Gedanken versunken hörte er von Offi Dra: »Ich werde Sie und die beiden da oben im Auge behalten und informieren Sie mich, wenn Sie etwas hören!«

»Wie reden Sie eigentlich hier mit mir? Glauben Sie nicht, dass Sie ihre Kompetenzen ein wenig überschreiten?«, zischte Senger Dax mit zorniger Stimme hervor. »Sollten Sie meiner Tochter unbegründeterweise zu nahe kommen, wird DAS für Sie Konsequenzen haben!« Erbost beendete Senger Dax die Verbindung.

Insgeheim gab Senger Offi Dra aber recht, was wollten die beiden da oben wirklich? War es tatsächlich nur ein Ausflug, oder steckte mehr dahinter? Auch er musste wissen, was da ablief. Er durfte sich jetzt keine Fehler erlauben, zumal der das Problem mit dem Fehren noch lösen musste. Und wieder musste er noch ein paar Gespräche führen.

Kapitel 24

Zwei Stunden später kam der Mond langsam in das Sichtfeld des Gleiters.

»Wir werden eine Orbitalrunde machen und gehen dann langsam herunter«, sagte Anka und schwenkte den Gleiter in die Mondumlaufbahn. Es war schon gespenstisch, wie ruhig das alles verlief. Kein Dröhnen von chemischen Triebwerken, keine Anweisungen von Superweisern, die durch den Äther aus einem Lautsprecher kamen. Nur ein leichtes Summen aus dem hinteren Bereich des Gleiters und Atemgeräusche seiner Nachbarin.

»Alles gut. Alles klar!«, sagte Onno.

Während sie den Mond Lapen umrundeten und immer näher dem Boden kamen, sah Onno gelegentliche Lichter auf der Oberfläche.

»Was ist das da unten?«, fragte er.

»Das sind industrielle Bergbauminen und Raffinerien. Das, was da abgebaut wird, wird auch gleichzeitig zu Zwischenprodukten verarbeitet. Wir schürfen Metalle, Erze, Gase und so weiter. Alles, was wir für uns und den Handel brauchen.«

Da Onno keine Vergleichsmöglichkeiten hatte, konnte er die Größe dieser Anlagen nicht abschätzen, aber sie mussten groß sein.

»Wir nähern uns der Unglücksstelle«, sagte Anka ter Dax.

Sie stellte den Anflugwinkel so, dass ihr Gast einen ersten Überblick bekommen konnte. Onno sah einen riesigen mehrere Kilometer durchmessenden Krater. Aus seiner jetzigen Position sah er aus, wie ein versteinerter alter ausgedrückter Pickel mit unsauberem Rand. In der Mitte glomm es noch leicht rosa, wie nachwachsendes Fleisch. Egal, was da war oder mal gestanden hatte, die Explosion hatte nichts übrig gelassen. Was für Kräfte haben sich hier ausgetobt, dachte er für sich. Innerlich war er froh, dass man auf der Erde noch nicht einmal die Fusion so kontrolliert zu Stande gebracht hatte, um sie industriell zu nutzen. Enttäuscht wurde ihm klar, dass er hier nichts zu sehen bekam. In geringer Entfernung stand die Bergbauanlage.

»Hier gibt es tatsächlich nicht mehr viel zu sehen, aber vielleicht könnte man sich ja die Anlage da vorne mal ansehen«, schlug Onno vor und zeigte in die Richtung.

»Da gibt es eigentlich auch nicht viel mehr zu sehen. Die Bodendruckwellen haben die Anlage fast vollständig zerstört. Die jetzige Mannschaft versucht gerade vor Ort,

137

da aufzuräumen. Es soll geprüft werden, ob man die Anlage im Ganzen wieder in Betrieb nehmen kann«, sagte Anka. »Teilbereiche funktionieren aber noch.«

»Das macht es ja gerade so interessant. Och bitte ...«, sagte Onno wie ein kleines Kind.«Wo wir doch schon mal hier sind. Dann wäre der Flug wenigstens zu etwas gut gewesen, und ich hätte Ihre Zeit nicht verschwendet. Nicht, dass ich nicht gerne mit Ihnen geflogen wäre, ganz im Gegenteil. Bitte ...«.

Onno schaute sie mit großen Augen an. Was rede ich hier eigentlich für dummes Zeug, dachte er innerlich und hatte trotzdem die Hoffnung, dass sie darauf einging.

Sie schaute ihn nur kurz an und sagte: «Ich muss erst mit der Bergbaugesellschaft sprechen und fragen, ob wie landen dürfen. Warten Sie ein wenig.«

Anka sprach leise in ihre Kom-Anlage, so dass Onno nicht viel von dem Gespräch mitbekam. Kurz wurde es hektisch, und Anka spannte ihre Muskeln an. Aber dann wurde sie ruhiger und drehte sich wieder zu ihm um.

»Sie sagen unter Auflagen ja. Ein Spezialist wird uns begleiten. Wir müssen aber abbrechen, sobald es im Inneren der Anlage unsicher wird. Ich denke aber, das ist in Ordnung.«

Sie blickte wieder nach vorne. »Wir werden gleich landen. Ziehen Sie schon einmal Ihren Anzug an und gehen zur Schleuse vor.«

Onno nahm seine Tasche in die Hand und ging in den unteren Bereich des Gleiters. Dort legte er sich den Ramanzug an. Sein Falthelm blieb offen. Dieser würde sich selbstständig schließen, sobald sich der Luftdruck unter ein bedrohliches Niveau senkte. Selbst wenn sich jetzt die Schleuse im luftleeren Raum öffnen würde, wäre er nicht in Gefahr.

Ein kleiner Ruck ging durch den Gleiter. Sie waren gelandet. Anka ter Dax kam die Treppe herunter und ging in einen kleinen abgesperrten Raum, aus dem sie kurz danach wieder mit einem Raumanzug herauskam. Wie seiner schmiegte dieser sich an den Körper wie eine zweite Haut. Nicht so klobig wie auf der Erde. Selbst der Survival-Tornister war klein und kompakt.

»Wir brauchen die Helme nicht zu schließen, ein Energiefeld schützt die Anlage. Aber passen Sie auf die Schwerkraft auf. Sie ist geringer als auf Goran«, sagte sie, und mit einem kurzen Zischen ging die Schleuse auf.

Schon der erste Schritt nach draußen war eine Herausforderung. Mit Schwung kam er aus dem Gleiter, an dessen künstliches Schwerefeld hatte er sich gewöhnt. Aber hier auf diesem Mond schoss er förmlich nach vorne und stolperte vor sich hin. Auch der Versuch, sich mit den Händen abzustützen, misslang, da er viel zu ungestüm und kraftvoll zu Werke ging. Er sah ein, dass er so nicht weitermachen konnte, und ließ seinem Fall freien Lauf, bis er auf dem Bauch zum Liegen kam. Seine Bewegung kam zum Ende. Onno atmete tief durch. Vom Boden aus schaute er in Richtung Gleiter.

Da stand sie, Anka ter Dax und schaute ihn mit einer Mischung aus Fassungslosigkeit und Belustigung an. Ja, das konnte er erkennen. Langsam und bedächtig erhob er sich. Anka kam ihm mit leicht federnden Schritten entgegen und bot ihm ihre Hand an. Dankbar ergriff er diese. Sie gingen gemeinsam Hand in Hand zu einem containerähnlichen Gebäude. Welch ein Bild hätte sich hier einem Außenstehenden geboten. Sie, mit eleganten federnden Schritten und er, mit unbeholfen Tapsern. Skurriler hätte es nicht sein können. Aber Onno war auch lernfähig, schnell passte er sich der geringen Schwerkraft an, sodass er beim Betreten des Containers sein inneres und äußeres Gleichgewicht gefunden hatte. Das Innere des Containers glich dem eines Baucontainers von der Energie

AG, nur etwas moderner. In der Mitte stand ein Schreibtisch, hinter dem ein Felide saß. Dieser stand auf, als die beiden eintraten.

»Mein Name ist Berim Doe und ich bin der leitende Ingenieur hier. Ich habe Sie schon erwartet und werde Sie Führen, zudem bin ich für Ihre Sicherheit zuständig.«

Er kam mit kraftvollen Schritten um den Schreibtisch herum auf sie zu.

»Ich bin Anka ter Dax und das ist der Mensch Onno«, sagte Anka.

Dann begrüßten sie sich in klassischer Weise.

»Schön«, sagte Berim Doe. »Lassen Sie uns gleich loslegen. Die Anlage ist so weit abgestützt und sicher. Trotzdem ist Vorsicht geboten. Hören Sie auf meine Anweisungen, ansonsten brechen wir die Führung sofort ab.«

»Okay, was wird hier abgebaut?«, fragte Onno neugierig.

»Wir bauen hier das Mineral Celan ab, welches Xolon in Form eines Oxid beinhaltet. Xolon ist ein Metall mit einer Atommasse von 26,98. Das Mineral leuchtet rötlich. Der Abbau von Celan und die Verarbeitung zu Xolon verlaufen überwiegend automatisch hier vor Ort.«

26,98 ... 26,98 ... Onno, denk nach, dachte Onno für sich. 26,98 das war Ordnungszahl 13. Spontan sagte er: »Bei uns heißt es Aluminium.«

»Aha«, meinte der Felide nur. »Also gut gehen wir.«

Zu dritt verließen sie den Container.

»Die ganze Anlage befindet sich unter der Oberfläche», ergänzte Berim Doe. Sie gingen zu einem anderen größeren Containerbau. »Das ist der Eingang zur Anlage«, er und zeigte auf eine Schleuse an der Containerwand. Diese öffnete sich vor ihnen und sie betraten den Innenraum. Leise zischend schloss die Schleuse sich hinter ihnen. Und so bekamen sie nicht mehr mit, dass in der Nähe ein weiterer Gleiter landete.

Im Innenraum befand sich eine Art offener Fahrstuhl. Mit ihm fuhren sie in die Tiefe. Vor Onno tat sich eine völlig veränderte fantastische Welt auf.

»Ich will sie nicht langweilen, nur so viel, dies ist der Bereich der automatisierten Verarbeitung. In den Zwischensektoren wird gelagert und vorbereitet. Ganz unten wird abgebaut. Ich nehme an, dass Sie das sehen wollen, oder?«

»Ja, natürlich«, sagte Onno. Er schaute sich in der riesigen Halle um. Sie musste mehrere Kilometer lang und breit und bestimmt 100 bis 150 Meter hoch sein. Nur vereinzelt sah er einige Feliden in der Ferne, die an Pulten standen. Sie hatte wohl nur Kontrollaufgaben.

»Wie stützen Sie das Ganze ab?«, fragte Onno.

Damit erntete er nur einen verständnislosen Blick von Berim Doe. »Mit Feldschirmen natürlich, womit denn sonst?«

»Klar, dachte ich mir schon«, sagte Onno schnell, um seine Unwissenheit zu verbergen.

»Lassen Sie uns zu den Expressliften gehen. Sonst stehen wir morgen noch hier rum«, sagte ihr Führer und ging auf eine Liftstation in der Nähe zu. Kaum waren sie eingestiegen, sauste der Lift auch schon in die Tiefe. Onno konnte gar nicht so schnell schauen und zählen, wie die einzelnen Sektionen an ihm vorbeirauschten. Er merkte nur, dass es langsam wärmer wurde. Nach einigen Minuten kam der Lift zum Stillstand.

»Wie tief sind wir?«, fragte Onno.

»Vier Kilometer unter der Oberfläche. Dies ist der neueste und sicherste Stollen nach der Explosion des Kraftwerkes. Es hat uns ganz schön erwischt, auch wenn man es nicht überall sehen kann. Lassen Sie uns dort nach vorne gehen. Dann können Sie die Abbauroboter bei der Arbeit aus der Nähe sehen.«

Berim Doe ging langsam voraus. Der Stollen machte einen Linksknick, sodass sie die Liftstation schnell aus den Augen verloren.

Kapitel 25

Er flog den beiden in sicherem Abstand hinterher. Auch wenn sie einen gehörigen zeitlichen Vorsprung hatten, so konnte er sie mit seinem militärischen Gleiter recht schnell einholen. Auch jetzt war er wieder durch ein Deflektorfeld geschützt.

Über seinen Ortungsschirm hatte er den Gleiter von Anka ter Dax schnell gefunden. »Taktische Analyse«, sagte er laut und auf einem seiner Bildschirme zeichnete sich die Flugbahn des vorausfliegenden Gleiters ab.

»Ah«, sagte er zu sich. »Sie machen erst eine Umrundung und gehen dann langsam bei Explosionsstelle nieder.« Insgeheim freute er sich, dass es nur ein Beobachtungsjob werden würde. Lautlos und unsichtbar näherte er sich ebenfalls der Explosionsstelle. Er wusste, dass sie da nicht viel zu sehen bekamen.

Aus sicherer Entfernung folgte er dem Gleiter. Doch plötzlich wurde er unruhig. Der Anflugvektor hatte sich geändert. Was war da los? Eine neue Berechnung zeigte ihm, dass das Ziel jetzt nicht mehr die Explosionsstelle war, sondern die Mine in der Celon abgebaut und zu Xolon verarbeitet wurde.

»Was wollen die da?«, fragte er sich. Und schlagartig änderte sich eine einfache Beobachtung in einem

145

tatsächlichen Aufklärungsjob. In sicherer Entfernung zur Mine landete er seinen Gleiter und nahm die Verfolgung auf.

Kapitel 26

Quirk schreckte kurz auf. Er war so in seine Arbeit vertieft, dass er gar nicht merkte, dass seine Verbindung zu Onno plötzlich abgerissen war. Was war hier eigentlich los? Es sollte für Onno doch nur einen kleinen Einblick geben, dass die Menschen und Onno nicht die Einzigen im Universum waren. Und Goran war dafür prädestiniert. Nicht zu entwickelt, nicht zu abgehoben und doch galaktisch offen. Und dann der Anschlag! Schon das machte ihn neugierig. Auch das Beobachtungsszenario im Park fand er höchst bedrohlich.

Aber die Nachricht von Breek hatte ihn nicht nur irritiert, sondern auch tief getroffen. Er war abgelenkt. Etwas, was ihm in seinem langen Leben noch nie passiert war. Und jetzt hatte er seinen Schützling verloren. Er musste Onno finden, er musste zum Mond Lapen. Was wollten sie da nochmal? Ach ja, die Explosionsstelle begutachten.

Der Schiffscomputer machte seinen Gleiter zu Start bereit. Quirk nahm nochmal Kontakt zum Raumtower auf. Nicht die Explosionsstelle, sondern die nahegelegene Mine war jetzt ihr Flugziel gewesen. Mine, na klar, je tiefer sie gingen, desto mehr wurden Onnos Signale abgeschirmt, bis er ihn nicht mehr wahrnahm. Er musste sich beeilen.

Quirk würde etwa eine Stunde brauchen, um vor Ort zu sein, und dann musste er Onno auch noch finden. Bis jetzt hatte er sich immer passiv verhalten, doch das änderte sich schlagartig. Es passierte nicht oft, dass in einem Sonnensystem eine fremde, nämlich breekianische, aktive Ortung vorgenommen wurde. Es galt als unhöflich, aber jetzt musste es sein.

Während Quirk auf dem Weg zum Gleiter war, bestrich sein Schiff Lapen mit allem, was die Ortungssysteme hergaben. Die Bilder ließ er sich in seinen Gleiter übermitteln. Noch während er die Ergebnisse analysierte, erkannte er, dass sich ein anderer getarnter Gleiter in der Nähe von Ankas Gleiter befand. Nun musste er sich beeilen, den dies hatte mit Sicherheit nichts Gutes zu bedeuten und ein Zufall war es schon ganz und gar nicht.

Vielleicht war Onno sogar in Gefahr.

Kapitel 27

Mit großen Augen ging Onno durch den Stollen. Vorneweg gingen Anka und Berim Doe, die sich angeregt unterhielten.

Ständig schaute er nach links oder rechts an den Wänden entlang und versuchte, vor seinem geistigen Auge das zu vergleichen, was er vom irdischen Bergbau kannte. In seiner Schulzeit hatte er ein paar Mal Filme gesehen, wie im Ruhrgebiet Kohle abgebaut wurde. Begriffe wie Zeche, Stollen, Flöze, Stöcke und Grubengebäude gingen durch seinen Kopf. Er erinnerte sich an Hitze, staubige Luft, Wassereinbrüche und verschmutzte Gesichter.

Nichts von allem war hier vorzufinden. Klare, glatte Wände, saubere Luft, fast wie Gänge in einem Bunker. Die Wände, an sich grau, glitzerten an verschiedenen Stellen. Man konnte kleinere und größere Kristalle erkennen. Wie durch einen Schleier hörte er, wie Berim Doe zu Anka sagte, dass die Kristalle meist farblos, bläulich oder rötlich waren. Onno dachte dabei an Korund, ein Aluminiumoxid, welches auf der Erde abgebaut wurde. Je nach Verunreinigung leuchtete Korund bei Chrom meist Rubinrot oder bei Eisen saphirblau.

Aber etwas war hier doch anders. Noch kam er nicht darauf. Und so gingen sie zu dritt durch den hell erleuchteten Gang.

Mit zunehmender Dauer wurde ihm das Ganze fast langweilig und Onno wollte schon die Bitte äußern, zurückzugehen, als ihm doch etwas auffiel. Er schaute sich die Wände und Kristalle genauer an. Blickte kurz zu Berim Doe, dann wieder zurück zur Wand, wiederholte das Ganze nochmal und schüttelte leicht den Kopf.

»Sagen sie Berim Doe, die roten oder zum Teil bläulich glitzernden Kristalle, kann ich mir erklären. Aber die kleinen goldenen Kristalle, die hier dazwischen eingelagert sind, was ist das?«

»Was meinen Sie mit goldenen Kristallen? Die gibt es in Celon nicht.« antwortete Berim Doe.

»Doch sehen Sie hier und auch da«, Onno zeigte mit seinem Finger in verschiedene Richtungen.

»Lassen Sie mal sehen«, sagte Berim und holte umständlich ein Analysegerät aus einer seiner Seitentaschen am Anzug. Er hielt den kleinen Kasten an die Wand, ein kleiner Bildschirm ploppte auf. Winzige Diagramme waren da zu erkennen. Onno konnte zwar nicht genau sehen, was der Ingenieur da tat, aber es schien, als könnte Berim Doe damit die Strukturen in der Wand genau analysieren.

»Das ist unmöglich, die hat es hier noch nie gegeben«, der Ingenieur schaute Onno fassungslos an.

»Was meinen Sie?«, fragte Anka spontan, die das Gefühl hatte, nicht mehr Teil der Unterhaltung zu sein.

»Na diese Kristalle hier, die dürfte es hier gar nicht geben, und es gab sie auch bisher nicht hier!«

»Was ist mit den Kristallen?«

»Ich kann es mit meinem Analysator nicht ganz genau bestimmen, aber sie strahlen im mehrdimensionalen Raum.«

»Die Explosion!«, sagte Onno.

»Die Explosion?«, fragte Anka.

Da war es wieder - Impact Diamanten. Onno wollte schon zu einer Erklärung ansetzen, als er sich plötzlich wieder beobachtet fühlte. Nein, nicht beobachtet eher schon bedroht. Auch Anka und Berim Doe drehten sich gleichzeitig in Richtung des Ganges um. Wieder sträubte sich Ankas Nackenfell. Alle Drei fühlten etwas, aber sehen konnten sie nichts.

Es hatte etwas gedauert, bis er den richtigen Lift und somit den richtigen Stollen gefunden hatte. Jetzt, wo er aus dem Lift kam, ließ er wieder einige Sonden frei und schickte diese dem Stollen voraus. Mit zügigen Schritten ging er in diesen hinein. Die Objekte seiner Beobachtung waren schon einige Zeit darin vorausgegangen, aber seine Sonden würden sie schon bald finden. Und siehe da, einen Kilometer vor ihm konnten die Sonden zwei Feliden und den Menschen ausfindig machen. Über seine Datenbrille wurden Bild und Ton übertragen. Schnell aber vorsichtig ging er dem Trio nach. Die übertragene Unterhaltung war für ihn recht belanglos. Ingenieursgerede, nichts von wesentlicher Bedeutung. Er kam ihnen immer näher. Bald vernahm er aus der Ferne ihre Stimmen, als plötzlich der Mensch stehen blieb. Hatte er ihn gespürt, hatte er sich durch eine Unvorsichtigkeit schon verraten? Nein, der Mensch starrte erst auf die Wand, dann wieder auf den Ingenieur.

Seine Sinne waren aufs Höchste angespannt. Fast automatisch griff er nach seiner Waffe. Er suchte nach einer Möglichkeit, in Deckung zu gehen, aber diese Stollen waren leer und glatt. Hier wurde nichts abgestellt. Hier gab es keine Bohlen, hinter denen man sich verstecken konnte. Sein einziger Schutz war sein Deflektorfeld. Somit blieb er mitten im Stollen stehen und beorderte alle bis auf eine Sonde wieder zu sich zurück. Interessiert lauschte er den Dreien.

»Sagen sie Berim Doe, die roten oder zum Teil bläulich glitzernden Kristalle, kann ich mir erklären. Aber die kleinen goldenen Kristalle, die hier dazwischen eingelagert sind, was ist das?«

»Was meinen Sie mit goldenen Kristallen? Die gibt es in Celon nicht.« sagte Berim Doe.

»Doch sehen sie hier und hier und da«, der Mensch zeigte jetzt in verschiedene Richtungen. Es ging wahrscheinlich gar nicht um ihn, und ob er entdeckt worden wäre. Aber worum ging es, wenn selbst ein erfahrener Ingenieur solch ein Interesse entwickelte? Änderte sich gerade sein Auftrag? Er lauschte weiter.

»Lassen Sie mal sehen« und »Das ist unmöglich, die hat es hier noch nie gegeben.«

»Was meinen Sie?«, jetzt sprach auch Anka ter Dax.

»Na diese Kristalle hier, die dürfte es hier gar nicht geben, und es gab sie auch bisher nicht hier!«

»Was ist mit den Kristallen?«

»Ich kann es mit meinem Analysator nicht ganz genau bestimmen, aber sie strahlen im mehrdimensionalen Raum.«

Jetzt hatte sich sein Auftrag tatsächlich geändert. Dies waren Informationen der höchsten Geheimhaltungsstufe. Noch konnte er die Tragweite dieser Informationen nicht in Gänze erfassen. Aber eins war klar, sie durften den Stollen nicht wieder verlassen. Handel, n-dimensionale

Kristalle, galaktisches Ansehen, Macht, waren Schlagworte, die durch seinen Kopf gingen. Auch seine Position in der Hierarchie würde sich durch diesen Fund verbessern. Langsam hob er seine Hand, in der er noch immer seine Waffe hielt.

»Die Explosion!«, sagte Onno.

»Die Explosion?«, fragte Anka.

Jetzt musste er handeln und zielte auf den Menschen.

Onno drehte sich wieder zu Anka um und wollte einen Schritt auf sie zu machen, als er wieder über seine Füße stolperte. »Diese verfluchte Schwerkraft«, murmelte er noch für sich und hielt sich an Anka fest, die auch ihr Gleichgewicht verlor.

»Was soll ...«, weiter kam Anka nicht, als dieser ungeschickte Mensch sie fast zu Boden riss. Aus ihrem Augenwinkel sah sie noch, wie aus der Mitte des Ganges ein Blitz auf sie zu raste. Nein er raste nicht auf sie zu, er war schlagartig über ihr. Explosionsartige, erhitzte Luft verbrannte ihr Fell zwischen ihren Ohren. Das Zischen erfolgte nur Sekundenbruchteile später. Ein Schatten sackte neben ihr zusammen. Etwas polterte zu Boden. Ein Schrei durchdrang den Stollen. Merkwürdig, dachte Anka. Der Schrei kam weder von Onno noch von dem Ingenieur hinter ihr. Er kam aus der Mitte des Stollens, von wo auch der Strahl kam. Dort, keine 50 Meter entfernt, schälte sich aus dem Nichts ein Felide heraus. Anka kannte dieses Phänomen, wenn ein Deflektorfeld in sich zusammenbrach. Eine Waffe fiel zu Boden. Der fremde Felide hielt sich mit beiden Händen den Kopf. Ein weiterer Schuss folgte.

In dem Moment, als er schoss, fiel der Mensch hin und brachte die Feliden aus dem Gleichgewicht. Der Strahl traf weder den Menschen noch Anka ter Dax, sondern Berim Doe. Der merkte nicht einmal, was vor sich ging, als ihm der Schuss den halben Kopf wegbrannte. Rasende Schmerzen durchfluteten erst seinen Kopf und dann seinen Körper. Es war, als würden alle seinen Nerven explodieren. Wie aus weiter Ferne raunte es in seinem Kopf »Die Konsequenzen« und eine brutale Hitze brannte ein großes Loch durch seinen Oberkörper. Er hatte noch das stehende Bild des fallenden Menschen, der sich an der Felidin festhielt, in seinem Kopf. Dann war es, als würde jemand den Lichtschalter ausknipsen und nichts war mehr.

»Oh ... wie ... was ... Entschuldigung«, murmelte Onno und schaute zu Anka herauf, an der er wie ein kleines Kind hing. Dann sah er die Brandspuren auf ihrem Kopf.

Schlagartig stand er wieder auf und wäre fast erneut über seine Füße gestolpert. Er sah auf den Boden und erblickte zuerst das Analysegerät und dann Berim Doe, dem das halbe Gesicht fehlte. Adrenalin durchströmte plötzlich seinen Körper.

»Wie ... was ...«, sagte er erneut und schaute jetzt zurück in den Gang. Onno sah noch, wie sich ein Strahl durch den Körper des fremden Feliden bohrte.

Die Erkenntnis traf ihn wie ein Schlag ins Gesicht. Dies war schon der zweite Anschlag auf ihn, aber warum? Wieder schaute er sich um, dann in Richtung Anka.

»Anka?«

Und dann wieder in Richtung des Ganges.

»Quirk?«

In geringer Entfernung fing die Luft an zu flirren und Quirk schälte sich in seinem Raumanzug aus seinem Deflektorfeld.

»Fast wäre ich zu spät gekommen«, sagte Quirk. »Bist du in Ordnung Onno?«

»In Ordnung? Nichts ist Ordnung. Was passiert hier eigentlich? Wolltest du nicht mit mir zu einem ruhigen Planeten fliegen, damit ich mich in Ruhe daran gewöhnen kann, durch die Galaxis zu fliegen? Und jetzt das! Zweimal hat man schon versucht, mich umzubringen, nennst du das ruhig?«

Onno ereiferte sich und seine Stimme überschlug sich. Immer mehr Adrenalin wurde in seinen Körper gepumpt. Sein Herzschlag beschleunigte sich stark. Schweiß stand auf seiner Stirn und Onno fing an zu zittern. Am Kopfende von Quirk blitze es kurz auf und Onno fiel in sich zusammen.

»Er ist nur betäubt«, sagte Quirk zu Anka. »Er steht unter Schock. Ich nehme ihn jetzt mit.«

Quirk schwebt zu Onno heran. Wie von Geisterhand erhob sich Onnos Körper und beide, Onno und Quirk, schwebten zurück zu den Liften.

Zu Anka gewandt sagte er noch: »Sie kommen klar mit der Situation hier? Sie klären das intern?«

Eine Antwort erwartete Quirk nicht und ließ sie stehen.

Anka blickte sich noch einmal um und nahm zuerst das Analysegerät an sich und machte dann Bilder von den beiden Toten. Der Attentäter kam ihr bekannt vor, sie konnte ihn aber wegen der Datenbrille nicht genau erkennen. Dann ging sie ebenfalls in Richtung des Lifts.

Kapitel 28

Stunden später wachte Onno in seiner Kabine auf. Sein Körper brannte, als würde er an einem Gyrosgrill hängen. Und sein Schädel? Selbst eine durchgezechte Nacht könnte nicht solche Kopfschmerzen verursachen. Onno hob den Kopf an und ließ ihn gleich wieder fallen. Er stöhnte lautstark.

»Au«, sagte er, als er einen Stich in den Oberarm spürte. Ein kleiner Roboter hatte ihm eine Injektion gegeben.

»Es wird dir gleich besser gehen«, sagte Quirk über die Interkomanlage. Und tatsächlich, das Brennen und Kribbeln an seinen Nervenenden wurde schwächer. Auch die Kopfschmerzen ließen nach.

»Du hattest einen Schock und ich musste dich leider vor dir selbst schützen.«

»Aber warum?«

Und langsam kam die Erinnerung an das Geschehene wieder.

Erst die Entdeckung der merkwürdigen Kristalle und dann der tote Ingenieur, der Schrei aus dem Gang, ja und dann? Onno konnte sich nicht mehr erinnern, was dann passierte. Wie ein nebelhafter Schleier, der sich auf sein

Gedächtnis gelegt hatte, lagen seine Erinnerungen tief in ihm verborgen. Da war noch Anka, aber wer oder was noch? So sehr er sich auch anstrengte, es wollten keine klaren Bilder in seinem Kopf erscheinen. Er fühlte sich wie ein sehr stark Kurzsichtiger, der im hinteren Rang eines Kino saß und dem man seine Brille weggenommen hatte. Nichts Klares. Sollte er Quirk fragen? Und warum war der Ingenieur plötzlich tot?

»Alles zu seiner Zeit«, sagte Quirk. »Nur soviel, du hast eine bedeutende Entdeckung gemacht. Es klärt sich langsam alles auf und ich, ja ich wäre fast zu spät gekommen.«

»Du überwachst mich?«, fragte Onno.

»Nein und ja«, sagte Quirk zerknirscht. »Du stehst unter meinem Schutz und ich fühle mich für dich verantwortlich, aber du kannst alles machen, was du willst. Daran werde ich dich nicht hindern. Aber ja, ich passe darauf auf, dass dir niemand schaden kann. Dies ist im wahrsten Sinne des Wortes eine andere Welt oder es werden noch mehr andere Welten werden. Und das Ganze hier bist du noch nicht gewohnt. Gib mir und dir noch ein wenig Zeit. Dann wirst du es verstehen.«

Onno dachte kurz darüber nach. Er erinnerte sich, wie er das erste Mal aus seinem überschaubaren Aurich mit dem Auto nach Berlin gefahren war. Das hatte ihn fast überfordert. Und eigentlich musste er Quirk dankbar sein, dass er ihn überhaupt diese Möglichkeiten bot. Halb zu sich und halb zu Quirk hauchte er »Danke« in den Raum und legte sich wieder hin, um zu schlafen. Aus der Ferne vernahm er noch, wie Quirk sagte, er müsse jetzt ein paar Gespräche führen.

Kapitel 29

Anka tcr Dax flog mit ihrcm Gleiter zurück nach Goran, auch sie war innerlich sehr aufgewühlt. Gleich nach dem Start nahm sie Kontakt zu den Behörden auf. Der Vorfall musste schließlich untersucht und die Toten geborgen werden.

Danach versuchte sie, ihren Vater zu sprechen, doch der war in einer Konferenz und konnte nicht gestört werden.

Und so kam sie Stunden später bei sich zu Hause an. Sie war erschöpft und fragte sich, was sie jetzt gerne machen würde. Der Mensch Onno mit seinem Getränk kam ihr in den Sinn. Irgendwas hatte er an sich, dass sie sich in seiner Nähe wohlfühlte. Und auch dieser Tee, Onno beharrte auf Ostfriesentee, hatte es in sich. Sie ging in die Küche und erhitze Wasser dafür. Tee war jetzt wohl das richtige für sie.

Ein akustisches Signal aus ihrem Büro erinnerte sie daran, dass eine wichtige Nachricht angekommen war. Anka ging hinüber und aktivierte den Computer. Sie hatte eine Untersuchung des Tees und dessen Wirkung in Auftrag gegeben und erste Resultate wurden ihr jetzt mitgeteilt. Dabei brauchte sie die gar nicht, denn sie wusste, wie er bei ihr wirkte. Ein Blick in den Spiegel genügte. Selbst jetzt, wo sie so erschöpft war, belebte schon allein der Gedanke daran ihren Körper. Sie gesundete. Das war klar. Die Frage war nur auf ewig oder auf Zeit, solange sie dieses Getränk zu sich nahm.

Mit diesen Gedanken ging sie wieder in die Küche, um den Tee zuzubereiten. Genüsslich nahm sie einen Schluck davon und ging zurück in ihr Büro. Schließlich musste sie noch mit ihrem Vater sprechen. Sie setzte sich an ihren Schreibtisch und ließ zunächst ihren Gedanken freien Lauf.

Da waren die schwierigen Gespräche mit den Fehren, über die ihr Vater sie informiert hatte. Dann die Explosion in der Versuchsanlage. Es kam immer mal zu kleineren Rückschlägen beim Fortschritt, aber so was war schon lange nicht mehr passiert. Dann der Besuch des Breekianers und dieses Menschen mit dem kleinen Fell auf dem Kopf - bei diesen Gedanken musste sie wieder schmunzeln.War das etwa ein Zufall? Nun, der Besuch vielleicht, aber der Angriff bei der Landung bestimmt nicht.

Die Sache mit dem Tee? Das war bestimmt Schicksal, denn wäre das Attentat auf den Menschen und den Breekianer nicht passiert, hätte sie diesen Onno auch nicht kennengelernt. Die Geschichte im Park und dann das erlebte in der Mine. Wie passte das alles zusammen, was hatte sie übersehen? Anka nahm noch einen Schluck Tee und kehrte langsam in die Gegenwart zurück. Was wollte sie nochmal? Ach ja, ihren Vater anrufen!

»Kom, stell bitte eine Verbindung mit meinem Vater her«, sprach sie laut in den Raum. Vor ihr erhellte sich ein Holo.

»Hallo Vater.«

»Hallo Anka, geht es dir gut? Was ist da oben eigentlich passiert? Ich habe nur eine kurze Info erhalten, dass es zwei Tote gegeben hat. Stimmt das? Und du? Bist du in Ordnung?«

Normalerweise war er immer die Ruhe selbst, aber jetzt sprudelten die Fragen nur so aus ihm heraus.

»Danke, aber uns ist nichts passiert.«

»Uns? Du meinst dir und unserem Gast? Was habt ihr da eigentlich gesucht?«

»Ja, ich meine mich und unsere Gäste, der Breekianer war zum Glück auch da.«

Bei diesen Worten stellten sich die Ohren von Senger plötzlich auf, ein typisches Zeichen von Erregung.

»Eigentlich weiß ich auch nicht so genau, was der Mensch plötzlich da wollte? Und ehrlich gesagt war es ein langweiliger Ausflug, bis Onno plötzlich von diesen neuen Kristallen gesprochen hat.«

»Was für Kristalle meinst du da?«, hakte ihr Vater irritiert nach.

»Na ja, Berim Doe, unser Ingenieur vor Ort, wollte es erst auch nicht glauben und sprach dann von mehrdimensional strahlenden Kristallen und Onno brachte die Explosion aus dem Versuchreaktor ins Spiel. Ich habe davon ja keine Ahnung. Und dann ging alles sehr schnell und nun ist Berim Doe tot. Wenn der Breekianer nicht wie aus dem Nichts erschienen wäre, hättest du wohl jetzt keine Tochter mehr.«

Senger Dax Fell ergraute und er sackte in seinem Stuhl zusammen.

»Dieser Fehre!«

»Was hat der Fehre damit ...«, weiter kam sie nicht. Denn in diesem Augenblick wurde die Tür bei ihrem Vater aufgerissen und eine militärische Einheit Vermummter und Bewaffneter stürmte das Büro.

»Vater, was passiert da?«, fragte sie noch und sah, wie ihr Vater gefesselt wurde. Dann brach die Verbindung abrupt ab.

Was hatte der Fehre mit dieser Geschichte zu tun? War er das fehlende Puzzleteil und wenn ja, wie passte das

Ganze zusammen? Und warum wurde ihr Vater verhaftet? Das hatte auch Auswirkung auf ihre weitere politische Karriere. Was passierte hier?

Über diese Gedanken schlief Anka ter Dax schließlich ein. Denn nun musste auch ihr Körper der Aufregung Tribut zollen.

Kapitel 30

Als Fist Shuddar die Nachricht über das Geschehen in der Mine auf Lapen hörte, war er zunächst verwirrt und dann entsetzt. Er hatte Vereinbarungen mit unterschiedlichen Organisationen auf Goran getroffen. Alle hatten das gleiche Ziel, nämlich, sein Ziel zu verwirklichen. Dass dabei Goraner zu Schaden kommen könnten, war nicht sein Problem. Für ihn zählte nur seine Interesse, die Mine, nur das war jetzt entgegen allen Planungen in Gefahr.

Sollten seine Partner dahinterkommen, was er wirklich geplant hatte, dann würde es schwer für ihn werden, Goran wieder zu verlassen.

Aus diesem Grund begab er sich nun zum Raumhafen.

Was musste auch dieser Breekianer mit diesem Menschen hier auftauchen. Alles lief bis dahin ruhig und glatt. Diese naiven Goraner, es schien, als würden 60 % aller intelligenten Lebewesen der Galaxis nach dem gleichen Muster gestrickt sein. Macht und Reichtum war ihre Triebkraft. Ob es nun zum Wohle ihrer Gesellschaft war, stand auf einem anderen Papier. Bei den Fehren und mit Fist Shuddar war es nicht anders. Seine Triebfedern waren Ansehen, Macht UND Reichtum, die er zu Hause mit seinem Deal errungen hätte. Und er hatte einen Vorteil gegenüber diesen Goranern. Eine suggestive Stimme, gegen die die meisten nicht immun waren.

Und so war es einfach, dem einen zu mehr Reichtum und den anderen mehr Macht zu versprechen, wenn er bekommen würde, was er brauchte. Dass es dabei zu kleineren Kollateralschäden kommen würde, interessierte ihn nicht. Nicht sein Planet, nicht seine »Leute«. Ein guter Plan war das und die Explosion hinterließ zu guter Letzt keine Spuren von irgendeiner Manipulation. Schlussendlich wusste er, was passieren würde. Ja, alles war glatt gelaufen.

Fist Shuddar war seinerzeit mit einer kleinen Delegation nach Goran gekommen, um Geschäfte abzuschließen. Und es war nicht das erste Mal, dass er auf Goran war. Man musste schließlich seine Geschäftspartner kennen.

Und nachdem die meisten Fehren seiner Delegation schon abgeflogen waren, musste nur er noch sein Geschäft abschließen. Als erfolgreicher und einflussreicher Händler hatte er in der Vergangenheit nicht nur schnell Handelspotentiale erkannt, sondern auch gemerkt, an welchen Stellschrauben er bei den einzelnen einflussreichen Goranern drehen musste, um zu einem Erfolg zu kommen.

Allerdings konnte er nicht alle einwickeln. Einige waren immun gegen seine suggestive Stimme und einige wenige waren dazu noch standhaft. Denen war tatsächlich das Wohl vieler wichtiger als ihr eigenes.

Amber Ger war so einer.

Ja, der Plan war gut gewesen. Bis dieser Breekianer mit diesem Menschen kam.

Fist Shuddar stellte sich die Frage, ob er JETZT unverrichteter Dinge abfliegen sollte, oder das Risiko eingehen würde, zu warten. Im ersten Fall brauchte er sich hier auf Jahre nicht wieder sehenzulassen. Im zweiten Fall würde er, wenn das Geschäft nicht zum Tragen kam, und es noch schlechter laufen sollte, diesen Planeten wohl nicht wieder verlassen können.

War es das Risiko wert? Diese Frage beantwortet sich Fist Shuddar mit einem klaren Ja.

Kapitel 31

»Onno, bist du wach?«, erklang es in Onnos Kabine.

»Ja, so langsam.«

»Gut, dann mach dich frisch, wir haben eine Einladung erhalten.«

»Von Anka?«, fragte Onno spontan.

»Nein, vom Obersten Minister von Goran, Predo Ran.«

»Aber was will er von uns? Haben wir nicht andere Sorgen? Wurde denn schon der Schütze aus der Mine ermittelt?«

»Alles zu seiner Zeit«, sagte Quirk. »Nun mach dich fertig. Wir müssen langsam los.«

Onno mochte es gar nicht, wenn man ihn drängte. Trotzdem beeilte er sich. Erst jetzt fiel ihm auf, dass er für Feierlichkeiten überhaupt keine Kleidung eingepackt hatte. Wie konnte er auch glauben, jemals eine außerirdische Feierlichkeit mit Quirk zu begehen? Es sollte doch nur ein Trip werden, ohne große Ereignisse. Doch das war schon jetzt weit überholt. Also schaute er in seinen Koffer und fand zumindest eine frische Jeans und ein neues Karohemd. Wie sollten Goraner auch denken, das dies keine feierliche Kleidung wäre. Onno schmunzelte bei diesem Gedanken.

»Mach schon, ich warte hier an der Schleuse auf dich«, sagte Quirk über die interne Kommunikation.

Onno beeilte sich. Schnell zog er seine Schuhe an und lief zur Schleuse. Quirk drehte sich schwebend zu ihm hin. »Nur gut, dass ich sein Gesicht nicht sehen kann«, dachte Onno. Was Quirk wohl über ihn mit diesem Outfit denken mochte angesichts so einer wichtigen Angelegenheit.

»Das werde ich dir nicht verraten«, kam es von Quirk. »Nun komm schon, wir werden erwartet.«

Ein viertel Stunde später waren sie im Anflug auf das Dach eines riesigen Regierungsgebäudes. Eine Art Teppich und ein Spalier von bewaffneten Goranern konnte Onno erkennen. Am Anfang des Teppichs waren zwei Goraner. Einer, groß und stattlich, bestimmt 2,10 m groß, in einem weißen Anzug und vielen Pailletten darauf.

Daneben eine in einem eleganten Gewand. Er erkannte Anka ter Dax sofort. Aber der andere Felide war ihm unbekannt.

»Das ist Predo Ran, Oberster Minister auf Goran«, sagte Quirk und landete den Gleiter. Sie stiegen kurz vor dem Teppich aus und Predo Ran kam ihnen entgegen. Mit einer komplizierten Handbewegung grüßte er Quirk. Bei Onno kam die klassische Goranerbegrüßung zum Zuge. Predo Ran roch etwas streng aber nicht unangenehm.

Dann folgte Anka mit gleichem Ritual. Sie sah etwas bedrückt aus, ein wenig konnte er die Physionomie der Goraner langsam lesen. Onno schwindelte es, als sie ihre Pranken auf seine Schultern legte und den Kopf zu ihm herunter bewegte. Und wie sie roch. Bizarre Bilder durchzuckten seinen Kopf. »Reiß dich zusammen«, raunte es in ihm.

»Es ist mir eine Ehre, bei Ihnen zu sein«, sagte Onno an Predo Ran gerichtet.

»Die Ehre ist ganz auf unsere Seite«, erwiderte Predo Ran. »Möchten Sie uns bitte folgen!«

Die Art und Weise, wie Predo Ran das sagte, war keine Aufforderung, sondern eher eine Art Befehl von jemandem, der es gewohnt war, Befehle und Anweisungen zu geben. Außerdem strahlte er eine Aura, eine Präsenz aus, die Räume oder Säle füllen könnte.

Beide Goraner drehten sich um und gingen einem Eingang entgegen. Zur gleichen Zeit ertönte lautstarke Musik, einer Fanfare nicht unähnlich. Onno dachte dabei nur, jetzt weiß ich endlich, woher der Begriff Katzenjammer kommt, und folgte den beiden mit Quirk.

Sie kamen endlich in einem großen Saal an. Überall waren große, muskulöse bewaffnete Soldaten in

Gardeuniformen. Der Saal hatte etwas Archaisches. Onno füllte sich an die Tafelrunde der Ritter zu Zeiten Arthurs erinnert. Viele Tische waren in dem Saal verteilt. An ihnen saßen Goraner unterschiedlichster Couleur. Auf den Tischen waren Trink-und Essgefäße sowie das Essen selbst. Er hatte das Gefühl auf ein neo-mongolisches Buffet zu schauen.

Gott hast du es gut, dass du das nicht zu essen musst, dachte Onno bewusst an Quirk gewandt. Und wieder hatte er das Gefühl, Quirk würde ihn auslachen.

Am Ende des Saals war dann schließlich ein runder Tisch, an dem sie Platz nahmen, außer Quirk. Der zog sich in den Hintergrund zurück. Onno nahm neben Anka Platz. Predo Ran blieb stehen und begann seine Rede an die Teilnehmer des Empfanges.

Onno nahm das Ganze nur am Rande wahr. Er musste ständig auf das Essen schauen. Natürlich waren da auch Gemüse und Obst, jedenfalls sah es so ähnlich aus. Aber es zeigte sich doch stark, dass die Goraner von Karnivoren abstammten.

Nur aus dem Hintergrund nahm er tatsächlich wahr, wie wichtig diese goldenen Kristalle wirklich waren. Mehrdimensional strahlende Kristalle waren äußerst selten und extrem wichtig für alle mehrdimensional arbeitenden

Geräte und Triebwerke. Und hätte Onno in der Mine nicht darauf hingewiesen, wären sie auch nicht entdeckt worden. Man stehe tief in seiner Schuld, denn die wirtschaftlichen Auswirkungen würden für Goran enorm sein.

Für Onno war es eher eine Vermutung gewesen, weswegen er doch noch in die Mine wollte. Der Fund war also eher ein Zufall, denn eine Heldentat.

Anka, die neben Onno saß, stupste ihn kurz an und holte ihn in die Wirklichkeit zurück. Sein Blick ging vom Tisch zu Anka, dann zu Predo Ran und wieder zurück zu ihr.

»Wir müssen nachher noch mal miteinander reden. Es geht um unseren Handel«, flüsterte sie.

Onno nickte nur vielsagend.

Jetzt hörte er, wie der Minister Quirk lobte, weil dieser eine Verschwörung innerhalb des Ministeriums zu Lasten des Ministers und aller Goraner aufgedeckt hatte und der Staatssekretär auch schon verhaftet worden war. Und dass diese Verschwörung aber weiter reichte und es an bestimmten Stellen Umpositionierungen geben würde.

Währenddessen erhielt Quirk einen Funkspruch. Niemand achtete auf ihn. Und niemand konnte es hören. »Wie sieht es auf dem Planeten der Menschen aus?

Unserer stirbt, das weißt du. Auch wenn es noch einige Generationen dauern wird, brauchen wir eine Alternative.«

»Ja«, sagte Quirk. »Ich kümmere mich doch schon darum. Aber ich brauche noch etwas Zeit. Wir haben einen Kodex, den wir nicht verletzen dürfen. Also bitte. Der Planet wäre richtig, aber nicht der Zeitpunkt.«

Quirk nahm gerade noch wahr, wie Onno ihn ansprach.

«Na Quirk, wir sind schon ein gutes Team, oder?«

»Ja«, sagte Quirk kurz und einsilbig.

Onno meinte, einen Hauch von Trauer zu verspüren, wollte aber nicht weiter darauf eingehen. Quirk war halt manchmal so. Und so lange waren sie schließlich noch nicht zusammen unterwegs, dass er sein Verhalten genau beurteilen konnte.

Stunden später waren Onno, Anka und Quirk in Ankas Domizil. Er war froh aus dem Saal zu kommen. Gemäß dem Grundsatz andere Länder andere Sitten, war ihm schon bewusst, dass er hier etwas Neuartiges erleben würde. Aber diese Art der Fremdartigkeit strapazierte seine Nerven und Konzentrationsfähigkeit stark. Und so war er froh, bei Anka etwas Ruhe zu genießen.

Quirk schwebte wie immer in den Hintergrund, während Anka schon auf dem Weg in die Küche war, um Tee zu machen. Genau das richtige jetzt dachte Onno und beide setzten sich kurz darauf an den Tisch und genossen die Ruhe und die Stille in diesem Moment.

Einige Herzschläge später fing Anka wieder an, zu reden.

«Also Onno vom Planeten der Menschen, wir können den Handel machen, Tee gegen Energiepaks. Über das Werteverhältnis müssen wir noch sprechen, aber der Handel steht. Dein Ostfriesentee hat eine besondere Wirkung auf uns und ist somit wertvoll. Nur habe ich jetzt ein Problem.«

»Welches?«, fragte Onno, sein Herz schlug höher, denn er ahnte, was kommen würde.

»Also ...«, sie legte eine kleine Pause ein. »Mein Vater war, wie du sicher schon weißt, an der Verschwörung mit dem Fehren beteiligt. Er wurde ja am Raumhafen festgenommen. Also, nun ja, auch wenn ich nichts damit zu tun hatte, ist unsere Familie in Ungnade gefallen. Und meine Situation ist nicht gerade die Beste im Moment.«

»Nun mal raus mit der Sprache, was möchtest du?«, platzte es aus Onno heraus.

»Also ... ich könnte den Ruf der Familie langsam wieder anheben, aber dafür müsste ich eine erfolgreiche Dependance auf deinem Planeten eröffnen. Und ihr müsstet mich mitnehmen.«

»Das kann ich aber nicht entscheiden«, sagte Onno.

»Aber ich«, sagte Quirk aus dem Hintergrund. »Wenn Onno nichts dagegen hat, kannst du mitkommen, aber sei dir gewiss, es wird nicht einfach werden. Die Menschen sind noch nicht an andere Wesen gewöhnt ...«, weiter kam Quirk nicht, denn Onno sagte spontan: »Natürlich habe ich nichts dagegen.«

»Gut«, sagte Quirk. »Dann werde ich euch jetzt verlassen, ich habe demzufolge noch etwas zu tun. Anka benötigt ja ebenfalls eine Kabine.«

Quirk schwebte langsam zum Ausgang. »Wir könnten morgen Mittag abfliegen, wenn es dir recht ist, Anka.«

Während Quirk das Haus verließ, hörte er noch das Lachen von Onno.

Als am nächsten Tag die Sonne Gora im Zenit des Himmels Gorans stand, betraten Onno und Anka Quirks Schiff. In der Ferne sahen sie das belagerte Schiff des Fehren Fist Shuddar. Über sein Schicksal machten sie sich keine Gedanken.

Lautlos hob ihr eigenes Schiff ab. Es geht wieder nach Hause, dachte Onno. Er freute sich darüber ebenso wie über den Container mit Energiepaks, den sie mitgenommen hatten.

Über mögliche Komplikationen mit Quirk und Anka auf der Erde machte er sich zunächst keine Gedanken.

Kapitel 32

Chris Bachus saß in seinem Büro und hielt eines dieser kleinen schwarzen Dinger in der Hand. Er und sein Team hatten versucht, hinter die Geheimnisse dieser beiden Kästen zu kommen. Vergebens. Onno hatte nicht übertrieben, eher im Gegenteil. Die energetischen Leistungsaufnahmen und Leistungsabgaben übertrafen alles, was sie bisher kannten. Bei einem angemeldeten Versuch an der Konverterstation Emden-Ost meldete sich sogar die Netzleitungsfirma TAN und fragte zuerst, wo der Strom geblieben wäre, und später fragten sie, woher der ganze Strom auf einmal wieder herkam. Diese beiden kleinen Kasten gaben ihm und seinem Team Rätsel auf.

Nach den Experimenten verzichteten sie auf eine mögliche Öffnung der Kästen. Die Warnung von Onno nahmen sie jetzt ernst. Über das Internet hatte Chris danach mit einigen anderen Kollegen über diese Dinger diskutiert. Aber keiner konnte ihm eine plausible fundierte Antwort geben.

Der Kasten war nicht wesentlich größer als eine Zigarrenkiste. Irgendwie fühlte es sich unheimlich an und sah fremdartig aus. Sie hatten versucht, etwas von der

Oberfläche abzuhobeln, um wenigsten das Material zu analysieren. Auf seinem Schreibtisch vor ihm waren lagen gerade die Ergebnisse der Analyse. Er legte den Kasten zur Seite und griff nach dem Stapel Papier, auf dem die Ergebnisse gedruckt waren.

Aus dem Hintergrund hörte er plötzlich durch die offene Tür lautes aufgeregtes Stimmengewirr. Er legte die Papiere wieder zurück und drehte sich mit seinem Bürostuhl in Richtung der offenen Tür. Die Stimmen wurden immer lauter, als plötzlich vier Männer durch die Tür kamen. Zwei kannte er. Es waren sein Chef und der Hausjustitiar. Die beiden vorneweg waren ihm allerdings unbekannt. Und wieso trägt einer davon eine militärische Uniform?, dachte er noch vor sich hin, als dieser sprach:

«Ich bin Mayor Elias Rein vom MAD und das ist mein Kollege Christian Bruns vom BND. Entfernen Sie sich bitte von den Geräten und den Papieren. Im Namen der nationalen Sicherheit wird hier alles beschlagnahmt!»

Die Stimme ließ keinen Widerspruch zu. Chris Bachus schaute zu dem Justitiar, der nickte nur widerwillig.

Er ging also einen Schritt zur Seite weg vom Schreibtisch und murmelte leise vor sich hin: «Onno, wo bist du nur und wo hast du verdammt noch mal diese Dinger her?«

Sie nahmen alles mit.

To be continued

Zum Autor

Andy Rizzo wurde Anfang der sechziger Jahre in Bremen geboren und las schon als Kind leidenschaftlich gerne Science-Fiction Romane und interessierte sich für alles, was im Weltraum geschah. Niemals wäre er aber auf die Idee gekommen, selber ein Buch zu diesem Thema zu schreiben, wenn da nicht ... eine Ostfriesin gewesen wäre. Er sieht sich selbst gerne als Beute-Ostfriesen, nachdem er Moa Graven im Jahr 2008 nach Ostfriesland gefolgt ist. Sie schreibt selber seit 2013 erfolgreich Ostfrieslandkrimis und ließ keine Gelegenheit unversucht, Andy Rizzo zu einem Sci-Fi Krimi zu überreden. Die SciFi Ostfrieslandkrimi-Reihe um Onno ist das Ergebnis dieser verhängnisvollen Zusammenarbeit.

Die SciFi Ostfrieskrimi-Reihe von Andy Rizzo

im Überblick:

ONNO und die galaktischen Wattwürmer – Band 1

ONNOs galaktischer Trip – Band 2

Diese Reihe ist als Taschenbuch und eBook erhältlich!

Die Krimi-Reihen von Moa Graven

Profiler Jan Krömer Krimi-Reihe

»KillerFEE«" – Band 01
»Todesspiel am Großen Meer« – Band 02
»Kneipenkinder« – Band 03
»Fallensteller« - Band 04
»Flächenbrand« – Band 05
»Blindgänger« - Band 06
»Fremder« - Band 07
»Die Puppenstube« - Band 08

Kommissar Guntram Krimi-Reihe

»Mörderischer Kaufrausch« - Band 01
»Mord im Gebüsch« - Band 02
»Mordsgeschäfte« - Band 03
»Das Meer schweigt ...« - Band 04
»Märchenhafte Morde« - Band 05
»Hinter verschlossenen Türen« - Band 06
»Teezeit« - Band 07
»Wer erschoss den Weihnachtsmann?« - Band 08
»Hannah – Vergessene Gräber« - Band 09
»297 Tage« - Band 10

Die Eva Sturm Krimi-Reihe

»Verliebt ... Verlobt ... Verdächtig« - *Band 01*

»Justitias Schwäche« - *Band 02*

»Bitterer Todesengel« - *Band 03*

»Blaues Blut« - *Band 04*

»Stille Angst« - *Band 05 (hierbei handelt es sich um ein Overcross-Special mit den drei Ermittlerteams von Moa Graven, die einen Fall auf Borkum lösen)*

»Schiffbruch« - *Band 06*

»Auf dich wartet der Tod« - *Band 07*

»7 Tage Regen« - *Band 08*

»Wenn es Abend wird, mein Schatz ...« - *Band 09*

»Stirb leise ...« - *Band 10*

Der Adler Joachim Stein Krimi-Reihe

»Der Adler – LaLeLu ... und tot bist du« Band 01

»Der Adler – KALT« Band 02

»Der Adler - Nebeltod« - Band 03

»Der Adler - Lebenslänglich« - *Band 04*

Alle Bücher sind als Taschenbuch oder eBook und
teilweise auch als Hörbuch erhältlich!